AF450018

LA HORDA

LOS CONDENADO DEL FUEGO

(PRIMERA PARTE)

MIKEL LÓPEZ-DÁVILA

LA HORDA

LOS CONDENADO DEL FUEGO

(PRIMERA PARTE)

La horda
Los condenados del fuego
(Primera parte)
Primera edición impresa, publicada en Lima, en diciembre 2019

© 2019, Mikel López-Dávila
© 2019, Grupo Editorial Caja Negra S.A.C.
Jr. Chongoyape 264, Urb. Maranga – San Miguel, Lima 32, Perú
www.editorialcajanegra.com.pe

Dirección editorial: Laura Gómez Rojas
Diagramación: Karim Garrido Velapatiño
Ilustración de portada: Jhoel Franco Campos Balcazar
Prólogo: Angel Hoyos Calderón

ISBN: 978-612-4467-20-2
Hecho el Depósito Legal en la Biblioteca Nacional del Perú n. 2019-18279

Impreso en Aleph Impresiones S. R. L.
Jr. Risso 580, Lince, Lima – Perú
Impreso en diciembre de 2019

Agradecimientos especiales:

*A Rafaela Zapata Vega (Zeta Romero),
mi correctora incondicional, que ha sido la luz y parte
fundamental de este camino de aciertos y desaciertos.*

*A mis padres que,
confiando en mí,
me han bendecido con su bondad y afecto.*

*Y a mi sobrina Samira L. que,
al igual que yo,
hace uso antiséptico del Tópico Zombie,
solamente por el placer de amarlo.*

PRÓLOGO

El cine y la literatura de horror están plagados de monstruos. Seres grotescos, por fuera o por dentro, capaces de los actos más crueles y viciosos que pueda haber, pero que son, al fin y al cabo, una manifestación de nuestro interior, un reflejo de nuestra propia naturaleza y nuestra propia historia. Entre estos monstruos de la ficción, los zombis ocupan un lugar especial como representación de las taras que nos aquejan como sociedad, así, por ejemplo, a veces funcionan como metáfora, como en algunas películas de George Romero, pudiendo representar desde una sátira al consumismo (*Dawn of the dead de 1978*), o servir como excusa que deja en evidencia nuestra incapacidad para superar nuestras diferencias ante una amenaza lenta (los zombis de *Night of the Living Dead* de 1968). Así, los monstruos en *La horda - Los condenados del Fuego* (no-muertos a quienes nunca se llama zombis) también cumplen un papel simbólico que nos pone ante un dilema, y es que, a pesar de su rol antagónico, son tan parecidos a los humanos que resulta difícil apoyar a un bando o a otro pues comparten defectos y virtudes, y estos monstruos son en alguna medida hijos de nuestra propia monstruosidad.

Cuando pareciera que ya todo está dicho en el género zombi, esta novela llega como un *soplo de vida* (valga la ironía) para una fórmula que amenaza con agotarse. Mientras la mayoría de historias del género opta por ubicarse en el presente, en un entorno citadino, apelando a la familiaridad del contexto tal vez, *La horda (Los condenados del Fuego)*, nos coloca en un pasado distópico, donde tenemos pequeños vistazos de cómo la sociedad ha colapsado y de cómo los *añawys* (los muertos vivos, también llamados en el libro condenados o *ayas*) han ido ocupando nuestro lugar y costumbres, reduciendo la población humana a pequeños grupos que luchan para reclamar lo que era suyo.

Mikel López-Dávila se vale de un escenario idílico para ambientar su historia: la serranía del Perú. Un mundo rico en cultura y tradiciones al que nos introduce de forma creíble recurriendo a la descripción de los parajes, las comidas típicas del lugar, o hasta el modo de hablar de sus personajes, acercándonos así a un universo que puede resultar exótico y misterioso para muchos lectores. La ambientación en la sierra peruana, precisamente en la década de los ochenta del siglo pasado, no parece gratuita y le da a la historia un aire de alegoría de otro conflicto, más cercano y por real, más doloroso también: una guerra contra el terrorismo que se desarrolló en el mismo escenario, en la misma época y que también se cobró muchas vidas, muchas veces de manera injusta.

Y llegamos así a lo que tal vez sea el elemento que he disfrutado más de esta atrapante novela y es el conflicto entre dos bandos que resultan siendo muy similares. La psicología ha estudiado harto nuestra tendencia al gregarismo, a identificarnos con un grupo cerrado por una necesidad de aceptación y a sobrevalorar sus cualidades, viendo a todos los otros grupos como el enemigo, aunque en esencia sean lo mismo. Y esta guerra la seguimos desde dentro, desde los ojos de protagonistas en ambos lados del conflicto, curiosamente ambos jóvenes idealistas que continuamente cuestionan las decisiones de los mayores. En este sentido la historia también toma tintes del género *coming-of-age*, mostrándonos la transformación gradual de los protagonistas en su camino a la adultez en medio de una guerra. La guerra, como suele pasar, trae consigo la destrucción de vidas y también de inocencias; y arrastra a todos los involucrados en un círculo vicioso, en el que nadie está dispuesto a ceder y mucho menos a perdonar. Presenciamos así un conflicto heredado donde el intercambio de males se remonta por generaciones y ha ido escalando, causando que ambos lados desciendan a niveles de vileza de los que puede ser difícil volver.

Reitero entonces ¿quiénes son los monstruos aquí? Mikel López-Dávila nos pone hábilmente en esta encrucijada que no tiene una respuesta fácil y cuyo desenlace está aún por verse en entregas futuras. Por lo pronto este original acercamiento a la cosmovisión andina y al género zombi nos deja con algunas reflexiones sobre la naturaleza de la guerra, de las buenas intenciones, un agridulce sabor de boca y -definitivamente- con ganas de más.

Por: Angel Hoyos Calderón (Escritor)

CONDENADO:

Se le dice a aquel que se ha hecho merecedor de la pena eterna. El que ha sido castigado con el Infierno. Desde la cosmovisión andina, también son conocidos como *manchachiku* ('lo que asusta') o *aya* ('muerto') y se hacen presentes tanto en la costa como en la sierra andina para acarrear la muerte de sus paisanos, en muchos casos comiendo sus carnes.

Según las recopilaciones de Javier Zapata Innocenzi, asumen la forma de un espectro transparente o de una persona infestada de piojos o gusanos o de un caballero silencioso o de una sombra negra, hasta de un aire frío que eriza la piel, entre otras cosas.

INTRODUCCIÓN

17 de mayo de 1980

Caía la tarde en el tranquilo poblado de Cototo en los Andes centrales del occidente de Sudamérica cuando un enardecido grupo de condenados ingresó a sus fronteras. El primero de ellos, uno delgado que llevaba una boina negra que ensombrecía la enorme cicatriz de su rostro, dio un rugido feroz que al instante fue interpretado como una orden por los demás condenados que corrieron a matar y saquear las casas de los que vivían ahí.

Los condenados, entre torpes y raudos movimientos, iban avanzando, empujándose entre ellos, disparando y lanzando machetazos a diestra y siniestra.

Los pobladores huían desordenadamente. Algunos con las tripas colgando antes de desplomarse en el suelo, otros con las gargantas abiertas, salpicando sangre por todas partes. Los más afortunados, se ocultaban o corrían con las fauces desencajadas, algunos en silencio, otros llorando o gritando, pero todos bañados de terror y desesperación.

Siempre un valiente, o quizás enojado poblador, intentaba defenderse con lo que tenía a la mano, pero infructíferamente era abatido por el número de condenados, que siendo mayor que el de los pobladores, daba la impresión de un infernal festín hecho para una jauría de salvajes perros hambrientos.

La plaza principal con su pileta colonial, sus callecitas empedradas, sus jardines; todo se hallaba desolado por el mortuorio arrebol causado por los cuerpos cercenados que iban juntándose a montones. Algunos incluso, al ser descubiertos en agonía, eran rematados acallando sus quejidos.

Los condenados más perspicaces rebuscaban entre los muebles de las casas. Su misión era no dejar a ningún humano con vida.

En una de aquellas casas rurales, el señor Ñahuis ocultó a su pequeña hija de siete años y a su esposa en un armario empotrado en la pared de adobe, cubrió la entrada con un estante, y se aferró a la esperanza de que no fuesen encontradas. Sentado en una silla que colocó frente a la puerta, se puso a chacchar hojas de coca mientras sostenía una escopeta entre su regazo a la espera de que los invasores irrumpieran en su casa.

Del otro lado del armario, la señora Ñahuis y su hija escucharon el estruendo de una puerta siendo golpeada, un disparo que fue sucedido por un feroz gruñido y luego los desgarradores gritos de su esposo. Después, silencio, que al poco tiempo fue corrompido por el sonido de unos pasos arrastrándose. A veces también por el silbar de una nariz olfateando cerca al escondite. Luego, cesaba produciéndose un nuevo silencio. Por un instante parecía todo calma. La señora Ñahuis intentaba respirar lo menos posible y cubría la boca de su hija para evitar cualquier ruido. De repente, aquel mueble que las cubría fue lanzado dejándolas al descubierto.

Frente a ellas un inmenso y regordete condenado de cara porcina sonreía endemoniadamente. Atrás de él podía verse el cuerpo desmembrado del señor Ñahuis. Parado a su custodia aquel delgado condenado de la boina negra con la fea cicatriz en la cara mantenía un gesto inexpresivo.

—Dígame, jefe, ¿las mato ahora o que se las coman vivas? —el regordete condenado elevó su machete ensangrentado a la altura de su cabeza.

El de la cicatriz no dijo nada. Se quedó observando minuciosamente a la joven madre que abrazaba desesperadamente a su hija, quien no paraba de llorar.

—La quiero para mi colección —dijo finalmente.

El regordete carcajeó escupiendo saliva mientras asió a la mujer de uno de sus brazos con la intención de separarla de la niña para luego lanzarla a los pies de su jefe.

—Nunca he entendido esa extraña fascinación suya por las hembras humanas —rio maliciosamente mientras guardaba su machete.

—¡Que no te importe! —fue su parca respuesta. Luego hizo una pausa—. La primera vez fue por venganza… Ellos violaron a nuestras hembras, las prostituyeron… Ahora hago lo mismo con las suyas… por placer.

—Bueno, jefe. —Se volteó ocultando su rostro de desagrado—. Yo estaré afuera haciendo guardia.

La puerta fue golpeada fuertemente por el regordete condenado al salir.

La mujer que no comprendía que aquel intercambio de gruñidos era una conversación que daba una cruel sentencia para ella y su hija, rogó al de la cicatriz que no les hiciera daño. Pero él tampoco comprendía su lenguaje, y no habiendo oportunidad de una comunicación fructuosa, solo atinó a inclinarse para levantarla suavemente de los hombros. Teniéndola parada ante él, la volteó de un empujón e inclinándola contra la mesa le rompió el vestido y la violó. La mujer gritaba adolorida mientras observaba a su hija paralizada frente a ella, inútil, con los ojos idos e insondables.

Intentando conservar parte de su dignidad, procuró no llorar a pesar de encontrarse frente a su descuartizado esposo, al cual suplicaba su perdón.

Terminado de satisfacerse, el de la cicatriz estrujó su cuchillo militar en el cuello de la mujer esparciendo su sangre sobre la mesa. Luego, se paró frente a la niña que azorada observaba los ojos del condenado que parecían estar hechos de fuego, como una espectral figura de furia. De repente, una inesperada explosión derribó parte de la casa haciéndolo caer. Ante él una intensa humareda de polvo se colaba por los escombros que desde afuera se mezclaban con los confusos gruñidos de los demás condenados que se veían correr atontados de un lado a otro.

El de la cicatriz salió de entre los residuos de pared, blasfemando a su regordete guardián, pero este yacía partido por la mitad con los órganos podridos cubiertos de tierra.

—¡Jefe, los humanos! —lloriqueó el regordete.

Un nuevo cañonazo estalló ensordecedoramente contra la casa vecina haciendo volar en pedazos a los condenados que se encontraban ahí.

—¡Jefe, los humanos! —volvió a decir.

Después de ello, el de la cicatriz le clavó su cuchillo en la frente, dejándolo muerto.

Las explosiones iban y venían ahuyentando a los condenados que escapaban envueltos en polvo y cenizas.

—¡Tenemos que irnos Samuel, son más…! —gritó un cadavérico condenado que apareció corriendo— ¡Tenemos que irnos, jefe! —insistió.

—Nos superan en número —dijo otro que saltó velozmente a su izquierda.

—¡Retirada! —gruñó el de la cicatriz—. ¡Retirada! —volvió a decir malhumorado.

Los condenados sobrevivientes corrieron cuesta abajo cruzando una pendiente hasta alejarse lo suficiente para no ser alcanzados por el fuego de las armas.

En pocos minutos, un corregimiento paramilitar se desplegó en el poblado destruido de Cototo. Pocos sobrevivientes humanos se lograron rescatar.

—Esta maldita guerra. No podemos estar en todas partes —sentenció el coronel Rodríguez, antiguo servidor de las fuerzas militares de lo que en algún tiempo fue una nación llamada Perú—. Muertos hijos de puta —escupió en uno de los condenados inertes que se encontraba a sus pies—. Vamos a ver qué vivitos encontramos Josué —ordenó a su secuaz—. Tú también Arellano —le hizo un gesto a su lugarteniente.

Aquella tarde, los paramilitares buscaron entre los escombros a los sobrevivientes y se retiraron al día siguiente cuando creyeron tener a todos a salvo. La niña (hija de los Ñahuis), sin embargo, no fue encontrada hasta dos días después, cuando una caravana de monjas condenadas del convento de Yachay que pasaba por ahí escucharon su llanto.

CAPÍTULO 1

I

El sol se ocultaba cuando el señor Preysler llegó a casa con sus botas sucias; que al igual que su chaqueta, se hallaban salpicadas de sangre y barro. Se detuvo por un momento en el umbral de la puerta al observar a su esposa, la señora Preysler, y a sus dos pequeños hijos, Sebastián y Samanta, sentados en la ostentosa mesa victoriana del gran comedor, dispuestos a cenar. En ese momento, el señor Preysler sacó de su bolso de esparto totalmente teñido de sangre, la cabeza de un hombre que colocó en medio de la mesa.

—Querido, ¿no te parece que hay suficiente comida? Ya no sé qué hacer con esos cuerpos pudriéndose en la despensa —habló la madre ante la mirada boqueabierta de sus hijos.

El señor Preyler, quitándose las botas y colocando la chaqueta de caza en el perchero de la entrada se puso muy contento ante tal conjetura.

—Wow, papá, ese humano debe de haber sido muy joven. ¿Te costó trabajo matarlo? —indagó Samanta intentando coger la cabeza.

—No te levantes, cariño, recuerda que debes terminar todo lo que tienes en tu plato —dijo en tono demandante la madre—. Y por favor no quiero que ensucies tu vestido al comer.

—Los *añawys*[1] de ahora se portan cada vez más como esos salvajes humanos —agregó el señor Preysler intentando ser divertido, pero nadie entendió la gracia.

—Papá —suspiró decepcionado Sebastián—, no está bien… Se está discutiendo una ley sobre la caza indiscriminada de humanos.

—Eres como una añawyta —intervino burlonamente Samanta—. Yo cuando sea grande quiero ser como tú, papá, quiero cazar muchos humanos y coleccionar sus cabezas.

---

[1] Los condenados se hacen llamar «añawys» que proviene de la raíz Quechua: Añaw que significa 'virus'.

—Hijo, sabes que no estoy de acuerdo con esas leyes que se intentan promulgar en el Congreso. Me parece que están mal hechas —respondió el señor Preysler en tanto se sentaba en su lugar habitual—. ¿Por qué preocuparse por los derechos humanos?, ni siquiera debería discutirse —agregó con desprecio.

El señor Preysler limpió sus cubiertos con la misma servilleta que se colocó en el cuello y con el tenedor picó unos sabrosos dedos humanos aderezados en salsa de ostión y huevos fermentados.

—Es una reverenda tontería que el Estado se preocupe en seres salvajes tan inferiores y nos quiten toda la diversión. Los humanos no se extinguirán por dos o tres cabezas adicionales que adornen mi despacho —indicó el señor Presyler engulléndose los dedos hasta inflar sus cachetes escandalosamente.

—Papá… —suspiró nuevamente Sebastián, atisbando súbitamente a su hermana que, ocultando su boca bajo la mesa, no dejaba de reír.

—Deberías quitarte esa tontería de la caza furtiva o indiscriminada de la que últimamente andas hablando. Los humanos no son como nosotros, nacieron con el único propósito de servirnos de alimento. ¡Me entendiste! —argumentó el señor Preysler con la mirada más sentenciante que un padre puede depositar en los ojos de un hijo.

—Sí, papá —repuso desconsolado Sebastián.

—Olvídalo, cariño —intervino pacíficamente la señora Preysler en defensa de su hijo— son cosas de jóvenes, ya se le pasará—. Luego, sonrió mirando a Sebastián con ternura y dio un golpecito en la mesa con sus nudillos para indicarle que comiera.

Samanta, por su parte, continuaba riéndose a escondidas.

Como era costumbre en las vacaciones de verano, la familia Preysler, iba a su casa de campo, la cual se hallaba al lado de las frondosas riveras de un lago. Distante del caos de la ciudad y aledaño a un pintoresco pueblo con murales y representaciones pictóricas monocromáticas, era el lugar perfecto para el reposo familiar. La rutina en aquel lugar siempre era la misma. Samanta se divertía jugando con los niños lugareños a ser una cazadora profesional. La señora Preysler se pasaba los días cocinando y reinventando recetas que le permitieran mejorar su ya deliciosa sazón, mientras que su esposo, junto con un grupo de vecinos, iba de cacería hasta muy tarde, siempre en busca de alguna presa humana difícil, de ésas que daban batalla y emoción. Para Sebastián, sin embargo, la situación era diferente: no le gustaban los mosquitos del campo pegándosele en la piel, odiaba el olor del sudor viciándose por la mezcla del calor con el fresco de verano, odiaba el color de la hierba seca en el descampado y a las aves trinando estridente y confusamente desde los árboles.

Sebastián parecía estar casi todo el tiempo inconforme con el momento. Sobre todo, despreciaba aquel sentimiento de apremio que un condenado activista había causado en él cuando, cerca de la plaza de armas frente al Congreso de la capital, por primera vez lo escuchó en su diatriba pro derechos humanos. Desde aquel entonces, no había podido sacarse la idea de que los humanos no eran aquellas bestias salvajes que tanto la comunidad añawy detestaba. Fue justamente, y gracias a ese sentimiento, que una silenciosa rivalidad ideológica nació entre su padre y él. Podría decirse que Sebastián, el hijo mayor del señor Preysler, un adolescente sereno y solitario que casi nunca se interesaba por nada, se interesó por una causa; le interesó un propósito.

> *«...Dicen que son salvajes porque son nómades —recordaba Sebastián los gritos del activista que se había encadenado a la reja de una casona frente a docenas de protestantes—. A veces se les puede ver acechando algunos cultivos, granjas, rebaños, almacenes, o simplemente se les considera menos porque su lenguaje es incomprensible. Eso, hermanos míos, no los hacen seres indignos e inferiores a nosotros. Son seres*

vivientes que al igual que nosotros sienten y pertenecen a la misma madre naturaleza…
¿Si se pueden domesticar? Escuché, por un amigo, que un añawy logró en una ocasión domesticar a un humano».

Sebastián recordaba aquellas palabras como yerra marcada en su cabeza mientras caminaba por los márgenes del lago. Dentro de él, un sentimiento de empatía a los humanos se expandía como una ferviente motivación. Quería hacer algo desde entonces. Pensó en enlistarse a las filas del grupo activista «Equidad», pero aún era menor de edad y sabía que su padre, cazador por afición y vocación, jamás se lo permitiría.

Caminaba meditando cerca del canal de riego, cuando un movimiento repentino entre los arbustos lo distrajo. Como quien no se percata de lo sucedido, se acercó lentamente descubriendo a un joven humano que, escondido entre las mixturas de hierbas secas y verdes, comía de las frutas de su finca. Al ser descubierto, el humano corrió aterrorizado pero sus pies descalzos golpearon fuertemente con una piedra que lo volcó haciéndolo rodar y gemir de dolor.

—Tranquilo, no te haré daño —Sebastián enseñaba las palmas de sus manos con ademán sosegado.

—No te voy a cazar —añadió—. ¿Estás solo? ¿Te puedo ayudar?

Pero el humano de agobiada mirada yacía sentado lloriqueando y acariciando la punta de sus dedos a la vez que retrocedía cautelosamente desde su posición.

—Vaya qué te diste un buen golpe —exclamó en tono afable, inclinándose para ver la lesión del joven humano—. No te preocupes. No te dejaré aquí porque te puede pasar algo —hizo una pausa para pensar mientras se paraba a echar un vistazo, asegurándose que nadie estuviera cerca. Luego, envolvió en su cuello uno de los brazos del humano para levantarlo y con paso aletargado lo llevó a una distancia prudente de la casa de verano.

Llegaron a un amplio orificio techado por pasto y flores silvestres que se hallaban bajo las raíces de un inmenso algarrobo cercado por otros de similar tamaño. A simple vista daba la impresión de una madriguera, cuya entrada estaba colindante a la ribera del lago que aún pertenecía a la finca de la familia de Sebastián.

—Quédate acá, este es mi refugio cuando quiero estar solo. Nadie lo conoce.

»¡Ay! ¡Qué tonto! —se golpeó con una palmada la cabeza—. Los humanos no entienden nada de lo que decimos.

El joven humano se limitaba a mirar desconcertado sin saber cómo actuar. No obstante, la actitud de su acompañante le dio a entender que no iba a hacerle daño alguno.

—¡Toma! —le entregó una manzana que sacó del bolsillo de su jersey de cuadros—. Estas manzanas las cultivamos para alimentar a los animales. Justo me dirigía a ver a los cerdos… Nunca he entendido cómo ustedes pueden comer fruta, ¡qué asco!... —despés suspiró intentando relajarse un poco—. Si mi padre te hubiera encontrado, ahorita estarías sobre mi mesa —reflexionó escudriñando al delgado y sucio humano, como intentando leer con la mirada aquellos gestos que le parecían tan confusos.

»Ojalá me entendieras —los ojos de Sebastián se veían profundos y emotivos—. Bueno, tengo que irme, volveré más tarde trayéndote más comida —fue lo último que dijo antes de marcharse.

Pero no fue ese día, sino hasta el siguiente, muy de mañana, que Sebastián regresó donde estaba el humano. Lo halló dormido, acurrucado sobre un colchón de raíces y hojas que se había formado debido a la erosión producida bajo el inmenso algarrobo.

—No pude venir ayer, lo siento. Igual te traje bastante fruta para todo el día… ¡Ah!... y esta manta que te cubrirá del frío de las noches —le dijo colocándola doblada a los pies del huésped que acababa de despertar—. También estos zapatos. Sé que están un poco viejos, pero son los únicos que encontré de tu talla. Aunque todavía no los podrás usar, parece que se te ha hinchado el pie. Seguro que no puedes caminar. De razón no huiste. Cuando venía para acá, pensé que ya no estarías en la cueva.

Sebastián llevó al joven a la ribera del lago donde le lavó el pie lesionado para luego vendarlo con tiras de tela que había conseguido rompiendo su camiseta.

—Los demás añawys tratan a los humanos como bestias salvajes, la verdad yo no creo que sean así. Supongo que es parte de su naturaleza atacar para robar alimentos o defenderse si es necesario —acomodó al humano dentro de la pequeña cueva y se sentó a su costado para conversarle, como esperando que éste lo entendiese—. Yo creo que la mayoría les tienen miedo, por eso los cazan indiscriminadamente. Pero ¿miedo a qué? Hasta el momento nunca he escuchado de algún caso donde un humano se coma a un añawy… Una vez leí que en África un león se comió a un grupo de añawys que se encontraban de excursión. Ahí no hicieron tanto escándalo, se apiadaron del animal salvaje y dijeron que era parte de su instinto depredador. Pero cuando se supo la noticia del humano que había matado a un añawy por defender a su familia, todos los medios dieron el grito al cielo… torturaron al pobre humano hasta devorarlo vivo —se estremeció.

—Mi padre dice todo el tiempo que no debemos de acercarnos a ustedes. Dice que son peligrosos —después de un breve silencio continuó—. En la naturaleza existen miles de bestias salvajes y entre todas ellas, los humanos son las presas preferidas de nosotros. ¿Sabías que ustedes no son la única fuente de alimentación que necesitamos? Por eso criamos animales como reses, cerdos, entre otros. Lamentablemente, o por lo que sé, son los humanos los que nos aportan la mayor cantidad de proteínas y nutrientes que requerimos para vivir —suspiró lamentándose para luego hablar más pausado—. ¡Ayyy!... Yo hago lo posible para no comer humanos, pero mi padre se molesta cuando no lo hago. Dice que no estamos para esas tonterías de moralidades modernas. Luego reniega de los activistas que solo comen carne de animales. Dice que eso a la larga les hará daño y los matará.

El joven humano lo observaba sin entendimiento. Sin embargo, poseía un semblante de confianza; como si tuviese la certeza de que una extraña relación se entretejía entre ellos.

—La otra vez escuché a unos adultos discutiendo —a Sebastián le parecía entretenido conversar con alguien que no lo interrumpiese como era habitual—. Uno le decía al otro que en recientes investigaciones se descubrió una comunidad de humanos. Decían que no eran seres instintivos. Al menos del todo… Que también saben pensar y se comunican entre ellos para concretar ciertos fines. Yo también lo creo, sino ¿cómo podrían sobrevivir en un mundo tan atroz siendo tan débiles, casi indefensos?

Después de un prolongado silencio, el joven humano cogió una piedrecilla y desde su posición la arrojó al lago, haciendo que esta rebote tres veces antes de hundirse.

—Wow, ¿cómo hiciste eso?... Ya ves que los humanos no son tan tontos después de todo —se sorprendió Sebastián jocosamente.

El joven humano volvió a tirar otra piedrecilla, haciéndola rebotar de igual forma antes de hundirse. Sebastián intentó hacer lo mismo, pero sin resultados.

—Soy un inútil, no sé hacerlo —se lamentó antes de volverlo a intentar.

Al ver los continuos fracasos de Sebastián, el joven humano atisbó una sonrisa.

—¿Te estás riendo? —preguntó sorprendido— Creía que los humanos no tenían esa cualidad... Bueno, he escuchado que los chimpancés también saben hacer cosas y también se ríen —sentenció con las cejas fruncidas directamente a los ojos del humano, que al notar la molestia de su acompañante empalideció.

—¡Tranquilo! —suspiró relajándose y enseñándole las palmas de las manos—, no te voy a hacer daño, ya te dije. No como humanos.

»¿Puedes enseñarme? —mostró una piedrecilla al humano, sonriéndole amablemente.

Después de un momento de desconcierto, el humano pareció entender a su acompañante. Cogió una piedrecilla del suelo y la giró lentamente con el brazo en varias ocasiones hasta arrojarla al agua donde reboto tres veces. Sebastián trató de imitar el movimiento, pero nuevamente fracasó.

—Creo que soy pésimo —se lamentó repitiendo la hazaña—. Mi padre piensa lo mismo porque no me parezco a él, en cuanto a sus gustos y deseos. Mi hermana se le parece más, creo. Hasta quiere ser cazadora.

La piedra se hundió salpicando agua y produciendo un brusco chapaleo.

El resto de la tarde transcurrió silenciosa y melancólica. Ambos adolescentes permanecieron contemplando cómo el viento al golpear las ramas de los árboles, que se encontraban saliendo atrevidamente del límite de las orillas, producía que sus hojas se desprendiesen, meciéndose por el aire en un vaivén que moría deformando ondeantemente las cosas que en las aguas se reflejaban.

—Ya es tarde, me tengo que ir —se levantó repentinamente Sebastián, al notar que el sol estaba por ocultarse—. Quizá no me entiendas, pero fue agradable pasar la tarde contigo. Por cierto, me llamo Sebastián. ¿Tú tienes nombre? —se quedó pensando por un instante— Te llamaré Toby, creo que tienes cara de ese nombre —sonrió.

II

Esa noche en la ostentosa mesa victoriana, la señora Preysler había preparado uno de los platos favoritos de Sebastián: criadillas de res en salsa roquefort a la podredumbre y como plato principal en honor a su esposo —aunque más para dar utilidad a tanta carne humana acumulada en la despensa—, *Smalahove*[2] de cabeza de hombre maduro, una de las exquisiteces que más adoraba el

---

[2] Es un plato noruego que consiste en una cabeza de oveja o cordero completa (incluye: ojos, lengua, etc.). En el caso de esta novela hace referencia al mismo proceso de preparación.

señor Preysler, y para culminar, como postre pensado para Samanta, mazamorra *Balut*[3] con ojos humanos.

—Querida, hoy te luciste —comentó alegremente el señor Preysler.

—Solo quería sorprenderlos querido. Me he pasado toda la tarde avinagrando narices para encurtirlas en una nueva salsa que he inventado con la savia de cactus. Estoy segura de que les gustará cuando la prueben —la señora Preysler realizó un gesto de placer antes de meterse la lengua a la boca.

Habían empezado a cenar cuando repentinamente un nudo en el estómago de Sebastián se iba formando al ver que su familia engullía vorazmente los ojos, nariz, piel y demás partes de esa cabeza humana ubicada en el centro de la mesa. Por un momento le pareció ver que la cabeza era de Toby y sintió un ligero temblor en su cuerpo.

—¿Qué pasa, cariño? ¿No tienes hambre? —preguntó la madre notando el pasmado rostro de su hijo, con la mitad de sus criadillas en la boca y sus ojos detenidos en las oscuras concavidades huecas de esa cabeza.

---

[3] Son huevos de pato fertilizados, con el embrión muy desarrollado que se cuece al igual que un huevo cocido. Es considerado una delicia en países de asía.

—Quizás quiera un poco de sesos, mira qué están sabrosos —intervino el señor Preysler destapando la parte superior del *Smalahove* dejando al descubierto la gris materia que aún se encontraba humeante.

—Yo sí quiero, papá —repuso Samanta pasando de Sebastián que seguía en su misma tonta postura—. Voy a comer mucho papá, quiero ser una gran cazadora como tú y no un debilucho feo como mi hermano —le sacó la lengua a Sebastián en tanto pinchaba con su tenedor el lóbulo frontal de la cabeza.

—Cariño, no hables así a tu hermano y ten cuidado con tu vestido, no quiero que lo ensucies —resondró la madre, limpiándose la sangre seca de los labios con una servilleta que colocó entre sus piernas.

—¿Qué tal tu día, hijo? —el señor Preysler se embuchó un enorme trozo de cerebro.

—Estaba conociendo el pueblo… —contestó Sebastián luego de tragar sus criadillas.

—¡No es verdad! —intervino Samanta maliciosamente— Yo sé dónde ha estado toda la tarde —el rostro de Sebastián empalideció más de lo habitual espantado por la idea de que Toby hubiese sido descubierto—. Ha estado caminando toda la tarde como un salvaje humano por el campo recogiendo frutas. ¡Qué asco! Creo se las está comiendo —frunció las cejas luego de penetrar sus azulados ojos en los ojos de su hermano.

—No es cierto… —gruñó Sebastián.

—Espero que todas esas tonterías de los humanos y esos estúpidos activistas no se te estén metiendo en la cabeza —el padre señaló con el cubierto a su hijo. La hermana reía escondiendo su boca bajo la mesa— ¿Desde cuándo ya no comes carne humana?

—Ya no come, papá, desde hace seis meses —sacó la lengua burlonamente Samanta.

—Querido, no tiene nada de malo no comer humanos. Existen muchos añawys naturalistas que no lo hacen y se encuentran en muy buen estado —defendió la madre.

—¡Qué dices! ¡tonterías! Todos saben que la carne humana es el mejor complemento nutricional para la salud —el señor Preysler arrancó una de las orejas del *Smalahove* y se la metió en la boca chupándola lentamente mientras continuaba hablando—. Quisiera, hijo, que seas un poco más como tu hermana y dejaras eso de la defensa de los humanos. Nada bueno te va a traer.

Después de aquella resondra, el transcurso de la cena no fue tan ameno para Sebastián y la señora Preysler quienes, en varias ocasiones mientras conversaban, fueron interrumpidos por las opiniones que, sin desenfado, el señor Preysler realizaba de los activistas. Desde su perspectiva, él creía que tales conceptos pro derechos humanos eran erróneos, incoherentes, y que estos motivaban la pérdida de tradiciones cívicas en las nuevas generaciones. En desacuerdo con su esposo, la señora Preysler refería que para ella no era más que una simple moda, y como toda moda no duraría mucho. Pero el esposo obnubilado en sus pensamientos no parecía prestar atención a lo que le decía, contrario a eso, culpaba enfáticamente al Gobierno por ser partícipe de esta decadencia al considerar la sola idea de tomar en cuenta una ley a favor de los humanos. Sebastián, entre congoja e incomprensión, no sabía si intervenir. Samanta por su parte reía observando con admiración a su padre. La señora Preysler, atenta a los sentimientos de su hijo, intentó dos o tres veces cambiar de tema comentando sobre lo trabajoso que le fue preparar aquella fuente de vísceras de cerdo en salsa agria que ahora se encontraba entregando a su esposo. Sin embargo, el señor Preysler se hallaba más pendiente de su hijo, al cual recriminaba por tan banal ideología.

Terminada la cena y aún adormecido por la reprimenda, Sebastián se retiró silenciosamente a su habitación con la intención de leer una de esas revistas sobre ciencia y humanidades que ocultaba debajo del colchón.

—No sé qué le pasa, querida. Antes le gustaba escuchar mis aventuras de cacería y los cuentos de horror que contaba al lado de la chimenea después de la cena —comentó más relajado el señor Preysler a su esposa.

—Debe ser una etapa querido, está creciendo. Ya no es un pequeñito que se emocionaba con tus historias de masacre humana —dijo la señora Preysler recogiendo los platos de la mesa.

—Yo sí quiero, papá. ¡Me vas a contar cómo te fue hoy! —saltaba Samanta emocionada—. Me vas a contar cuentos de desollamiento de humanos, ¿verdad?

CAPÍTULO 2

I

La mañana siguiente, Sebastián se levantó muy temprano con la intención de recolectar frutas para llevárselas a Toby.

—¿A dónde vas, cariño? —preguntó la madre sin alzar la vista de las frituras que se encontraba haciendo para el desayuno.

—Iré a comprar unos libros y a conocer un poco el pueblo —respondió intrépidamente Sebastián.

—Espera, cariño. Te prepararé unos emparedados —los labios de la madre se figuraron alegres mientras untaba con vinagre y crema de ajo unas lonjas de pan.

Terminado de hacer los emparedados, se los entregó en una bolsa de papel.

—Sé que no quieres comer carne humana, así que te gustará la lengua de vaca —dijo en voz baja la madre guiñando uno de sus ojos como si aquello fuese un secreto.

»¡Hijo! —gritó la madre antes que Sebastián cruzara el umbral de la puerta—. Ayer encontré tu camiseta rota, ¿te pasó algo?

—Se me atoró en un arbusto mamá, lo lamento —suspiró sorprendido de descubrirse mintiendo a su madre por segunda vez—. Mamá me tengo que ir —añadió antes de marcharse.

Aquella mañana, el descampado no se veía tan amarillo, las aves no trinaban tan fuerte y el calor matutino no se sentía tan sofocante, al menos eso murmuraba Sebastián mientras se dirigía al área de cultivos.

Llegado al lugar esperado, se ubicó bajo las sombras de un manzano al cual empezó a golpear tenazmente con un palo. De sus ramas empezaron a caer los frutos que fue guardando en su mochila. Lo mismo hizo con un árbol de mangos. Después de unos minutos de faena creyó tener lo suficiente para emprender camino al pequeño refugio en el que se encontraba Toby.

Al llegar, lo encontró sentado fuera de la guarida, ensimismado en los cauces de agua que salían del lago como raíces inquietas que pretendían acercarse hasta sus pies.

—Veo que tu pie está mejor —Sebastián le señaló la fractura—, ya no parece tan hinchado.

Como si aquel gruñido fuese claro y entendible, el joven humano sonrió a medias mientras separaba raudamente las frutas que le acababan de ser entregadas.

—Parece que tenías mucha hambre... ¿Crees que ya puedas caminar? —Sebastián inquirió mientras lo veía comer de sus manzanas a toda prisa.

Pasado unos minutos, Sebastián, contemplaba a su acompañante recostado, acariciando su barriga mientras intercalaba su atención entre las nubes y su ilegible interlocutor.

—...No puedes estar mucho tiempo acá —continuó—, si mi padre te encuentra, te comerá y yo estaré en problemas. ¿Puedes levantarte? ¿Crees que ya puedas marcharte? —con su dedo índice señaló al frente.

Por un breve tiempo, Toby, observó en aquella dirección desperezándose mientras estiraba sus extremidades para, luego desnudarse y arrojarse a las aguas del lago.

—No me refería a eso —suspiró Sebastián.

Por primera vez, había descubierto que aquel joven humano, en su posición más erguida, poseía una estatura mayor a la de él. También parecía tener más edad. Era delgado, su piel canela, y sus ojos y cabellos lacios eran negros y casi azulados como un carbón que bajo el fuego satura su incandescencia.

—Siempre me ha sorprendido cómo ustedes pueden vestirse como nosotros. Probablemente, hayan aprendido a robar ropa de algún añawy distraído —vociferó Sebastián observando las prendas sucias de su acompañante—. Dicen que los chimpancés si les das ropa y herramientas de añawys, también aprenden a utilizarlas —concluyó pensativo.

Sin embargo, el humano no escuchaba. Se encontraba jugando en el lago, salpicando agua por todas partes. Se sumergía, salía, se volvía a sumergir; como un pez que se encuentra feliz en su ambiente natural. Así permaneció por varios minutos.

—No sabía que los humanos pudieran hacer las cosas que hacen los peces... —Sebastián se encontraba sorprendido—. Una vez un compañero de clases se ahogó por una semana en un río cuando fue de excursión. No te imaginas lo tortuoso que fue para él, sacarle toda el agua del cuerpo. Tuvieron que deshidratarlo en habitaciones con calefacción por mucho tiempo para que no quedara tan mal. Su padre estuvo molesto, hasta quiso demandar a la escuela por haberse demorado en encontrarlo —continuaba, dirigiéndose a Toby cuando este salía del agua para vestirse—. Los añawys no podemos nadar, nuestros cuerpos no son tan flexibles como los de ustedes.

»¿Tu cicatriz es muy fea, sabías? —observaba la rara marca en forma de estrella que acababa de descubrir a la altura del hombro izquierdo de Toby— ¿Qué te hizo eso? —le preguntó sabiendo que no recibiría respuesta alguna.

A pesar de no entender lo que su interlocutor decía, el joven humano permaneció sentado al lado de Sebastián, fingiendo escucharlo mientras observaba el verde paisaje que se perdía al otro lado del lago. Sebastián, por su parte, sentía que su silencio era una agradable compañía y que podía confiar a Toby sus anécdotas o secretos más profundos, sin miedo ni vergüenza. Entonces le contó de lo difícil que le resultaba la escuela. Ser uno de los alumnos más aplicados de su año era el causante de que le hicieran *bullying*. Le mencionó lo fastidiosa que le resultaba su hermana y los complejos que tenía a causa de las diferencias que constantemente su padre remarcaba con respecto a otros condenados de su edad.

Era cerca del mediodía cuando Sebastián se despidió de Toby.

—Tengo que llegar para el almuerzo, sino mi madre se molestará conmigo... Te estoy dejando unos mangos... también esas manzanas para que tengas para el resto del día. Trataré de conseguirte otra cosa que te pueda gustar, aunque no sé nada de los gustos alimenticios de los humanos.

Había avanzado unos cuantos pasos sujetándose de unas ramas para salir de la pequeña cueva, cuando echó una mirada atrás.

—Todos los añawys dicen que ustedes son bestias salvajes, agresivas y crueles —suspiró—. Yo no te veo así. Tampoco como mi mascota. Creo que serías un buen amigo, pero pronto te irás —concluyó un poco melancólico. Luego se marchó.

II

Cuando Sebastián llegó a su casa, la gran mesa victoriana estaba repleta de vistosos aperitivos y platos de excelsos sabores. Había dos *Smalahove* de cabezas tiernas, un *haggis*[4] muy grande relleno con corazones y pulmones de hombre maduro, puré de murciélago con tripas de ovino, sopa de rata, dedos agrietados en salsa de parrilla, y finalmente narices encurtidas en vinagre con la salsa de

---

[4] Plato escocés que se elabora a base de asaduras de cordero u oveja (pulmón, estómago, hígado y corazón) que están embutidos dentro de una bolsa hecha del estómago del animal.

savia de cactus que la señora Preysler tan esmeradamente se había afanado en inventar el día anterior.

A un lado de la vistosa mesa victoriana, se encontraban de pie el señor Amancio y su esposa —degustando de los piqueos mientras conversaban con el señor Preysler—. Corriendo alrededor de la misma, estaban los dos gemelos regordetes (hijos de los Amancio): Fabricio y Nicolás, quienes eran perseguidos por Samanta con un palo que fingía de su escopeta.

—¿Cómo estás, pequeño cazador? —sonrió el señor Amancio frotando toscamente el cabello de Sebastián.

—Él es mi hijo mayor, Sebastián. Siempre dice que de grande será como su padre. Quiere ser un gran cazador —dijo inflando su pecho de orgullo ante la mirada desconcertada de su hijo—. ¿Te acuerdas del señor Amancio?

Lo recordaba, aunque no muy bien, de un encuentro muy remoto, en un evento político al que había acompañado a su padre. Ahí el señor Amancio se encontraba regañando a sus inquietos hijos por una travesura que acababan de cometer.

—Es mi compañero en el Centro de Control de Humanos, hijo. Uno de los mejores.

El señor Amancio hizo un ademán de humildad para ocultar su vanidad.

—¡Bah! Que son un par de cabezas —musitó aflojando un poco sus apretados pantalones para soltar su gorda barriga que escapaba entre sus tirantes.

—Basta de modestias. Eres un gran cazador. El mejor diría yo. No por algo tienes un récord de haber dado caza a más de quinientos humanos. Eres insuperable.

—Quinientos doce para ser exacto… ¡Bah! Solo cumplo con mi deber. Tenemos que mantener a la nación libre de esas bestias salvajes que invaden territorios ajenos —rio grotescamente ante el halago. Luego dirigiéndose a Sebastián le preguntó—. ¿Es cierto hijo que después que termines la escuela postularás para la licencia de cazador? ¿Quieres enlistarte?

—Yo… yo… me gusta más…

—Le gusta más jugar al cazador, pero aún debe terminar la escuela con buenas calificaciones, ¿verdad, hijo? —interrumpió el padre dando un golpecito de puño en el hombro de Sebastián como esperando su complicidad.

—Esteee… sí… eso —sonrió.

—Ya pueden sentarse todos —la señora Preysler salió de la cocina trayendo un pastel de omelette con tripas, cucarachas y demás bichos que colocó en el centro de la mesa—. Este será el postre.

Todos tomaron asiento.

—Te luciste nuevamente, querida —dijo feliz el señor Preysler.

—Tú siempre me halagas, querido —respondió ruborizada la señora Preysler.

—No es un halago, huele muy sabroso todo lo que ha preparado, mi respetada señora Preysler —lisonjeó el señor Amancio dando un gran respiro con la intención de absorber la mayor cantidad de deliciosos olores que provenían de los diferentes platillos.

—Me tienes que pasar tus recetas, de todas formas. Sobre todo, de este plato —la señora Amancio estiró su respingada nariz en el *Smalahove*, como intentando por medio de su olfato descifrar cada uno de los ingredientes que contenían.

—¡Qué rico!, exquisito, una maravilla —se lamió los labios el señor Amancio luego de probar parte de los sesos de *Smalahove*—. Ya había escuchado por su esposo que usted es una gran cocinera. Él siempre muy orgulloso lo comenta a todos en la oficina. Ojalá mi esposa fuera la mitad de lo buena que es usted —rio salpicando lo que comía por todas partes.

La señora Amancio volteó su cara fingiendo llamar la atención a sus hijos para no dejar ver su avergonzado rostro.

—Hagan caso a su madre, mal críos. ¿O quieren que los castigue? —sentenció el señor Amancio con aquel rostro de severidad y respeto que alguien puede imponer a la fuerza.

Los gemelos Amancio se acomodaron como soldados en sus sillas.

—Discúlpame, amigo —se volvió en dirección al señor Preysler. Los críos deben aprender que en la mesa no se juega —estiro su mano para picar uno de los ojos del *Smalahove* y riendo efusivamente, como si aquello le pareciera gracioso, salpicaba parte de su bolo alimenticio por todas partes.

—¿Qué lo trae por acá? —preguntó curioso Sebastián.

—Se quedará con nosotros la temporada de verano. Este almuerzo es para darles la bienvenida —respondió el señor Preysler.

—Así es, hijo. Espero que no te fastidies de tanto verme la cara —volvió a reír grotescamente.

—¿Es cierto, señor —intervino emocionada Samanta—, que en su casa en la ciudad tiene una colección de cabezas humanas de todas las razas del mundo?

—Vaya que eres curiosa, sobrina —la comida le salpicaba de la boca al reír—. Bueno, es complicado decirlo con exactitud. Probablemente, muchas de las razas humanas se encuentren extintas, pero me imagino que completarían mi pared un par de cabezas más, entre ellas una etíope, una khoisán, una ainú, una alpina, una siberiana. No lo sé, sobrina, espero no estar equivocándome con los números... —se sirvió una gran cucharada del relleno de haggis— No he salido del continente desde que cerraron las fronteras.

—Mi papá tiene ocho cabezas, ¿verdad? —comentó festiva Samanta mirando a su padre— Las tiene en la pared de su despacho.

—A comparación de tu fascinación de taxidermista de humanos, mi estimado amigo, mi colección es pobre —respondió apenado el señor Preysler.

—Mi papá tiene un salón con veinticinco cabezas —intervino Nicolás orgulloso.

—No tanto, los niños siempre exageran —sonrió el señor Amancio compadecido de su amigo.

—Cuénteme, ¿cómo es eso de que cerraron las fronteras de los continentes? —preguntó la señora Preysler cambiando de tema.

—Oh, sí, las han cerrado, querida —respondió el señor Preysler.

—Desde hace unos meses nos llegó aviso del peligro de abandonar las tierras de este continente —le continuó el señor Amancio—. Al parecer los humanos de alguna manera están expandiéndose en Europa y Asia. Dicen que los humanos han estado invadiendo la mayor parte de América del Norte también. Viajar para allá en estas circunstancias sería muy peligroso.

—Espero eso no suceda en nuestras tierras —tiritó nerviosa la señora Amancio.

Por un instante, los comensales se dispusieron en silencio, ensimismado cada uno en sus cavilaciones hasta que fueron perturbadas por la insipiente risa del señor Amancio que cambiando de tema empezó a narrar entusiasmado, sus aventuras de caza.

De tantas perturbadoras historias, Sebastián empezó a temer por Toby. Recordó que su padre le había contado en anteriores ocasiones que su amigo tenía fama de ser un condenado rudo y poco amable en su oficio, y ahora lo creía más que nunca.

Todos aquellos pensamientos le produjeron a Sebastián un penetrante escalofrío. No solo tendría que lidiar con las aburridas conversaciones del Señor Amancio, con la arrogancia de su esposa, con los insoportables gemelos, que parecían estar siempre haciendo de las suyas, sino también tenía que ser cuidadoso para que no se enteraran de su huésped humano.

Terminado el almuerzo, y después de haber cumplido con algunas labores domésticas, Sebastián huyó sigilosamente de la casa en busca del joven humano, pero al llegar no lo encontró.

—Sabía que te marcharías —suspiró nostálgico—. De todos modos, era lo mejor.

Estaba por marcharse cuando lo vio aparecer cojeando.

—¿A dónde fuiste?...

El humano cargaba en una de sus manos un manojo de bananos.

—¿Trepaste a ese árbol?... —interrogó sorprendido— No imaginé que fueras tan hábil… y hambriento.

Luego de comer unos cuantos bananos, Sebastián le hizo un ademán sosteniendo una piedrecilla en la mano. El humano entendió de inmediato. Cogió otra piedrecilla del suelo y con un movimiento circular de su brazo, la lanzó haciéndola rebotar en el lago tres veces antes de que se hundiera.

—Wow, quiero aprender a hacer eso.

Aquella tarde, Sebastián se la pasó intentando dar rebote a las piedrecillas que lanzaba al lago. Después de muchos intentos logró que una por fin diera un salto antes de hundirse. Alegre de su éxito quiso abrazar impulsivamente a su compañero que, al sentir su proximidad vehemente, cayó asustado y confuso al suelo.

—No te haré daño. Ya te dije —Sebastián estiró las palmas antes de recibir una sonrisa comprensiva como respuesta.

»…Ya me voy Toby, ya está anocheciendo y no quiero que mi mamá piense que estoy perdido. Sería feo que me busquen. Imagínate lo que te harían si te encuentran… y a mí —se estremeció cogiéndose los codos.

Se encontraba a unos metros cuando volvió el rostro hacia el refugio para darle un último vistazo antes de irse. En ese instante, observó al joven humano acomodar un conjunto de hojas sobre las blandas raíces del algarrobo. Una vez hecha la especie de colchón se recostó y luego se cubrió con la manta que le había regalado. En aquel momento comprendió que los humanos, mal llamados bestias, no eran un capricho evolutivo o salvaje de la naturaleza, sino seres sintientes, que al igual que los añawys, tenían la capacidad e inteligencia para pensar.

—Buenas noches, Toby —suspiró preguntándose si a pesar de no ser congéneres, podrían llegar a crear algún lazo de amistad. Luego se volteó y marchó a casa.

CAPÍTULO 3

—Psss… Psss… Sebas… Sebastián.

Una susurrante voz intentaba despertarlo. Por desgracia para él, había tenido que compartir su habitación con los odiosos hijos del señor Amancio.

—¿Qué quieres? Déjame dormir —se quejó ignorando aquella voz y cubriéndose con la colcha.

—¡Sebastián! —insistió.

—Son casi la una —se volteó para el otro lado envolviéndose como un capullo.

—Conozco tu secreto —susurró—. Te vi en el lago con el humano.

Aquellas palabras lo estremecieron. Su cuerpo se puso más frío de lo normal y el sueño desapareció.

—¿Es tu mascota?... conocí a un señor que tenía una mascota humana, muy dócil… era una hembra y la tenía en una jaula —murmuraba uno de los gemelos—. Un día luego de salir de la escuela fuimos a escondidas a ver…

estaba muy sucia y olía mal… lo peor fue que descubrimos que la alimentaba con carne humana… ¿Te imaginas?

—No sé de qué hablas —dijo cortante intentando parecer lo más indiferente posible.

—No te hagas, te vi salir corriendo y te seguí.

—¿Qué es lo que quieres?

—No le diré a nadie si eso te preocupa, pero quiero que me ayudes a conseguir una mascota como la tuya. Sabes ¿dónde hay cachorros humanos?

—No es mi mascota, lo encontré… estaba herido… lo curé y pronto se irá —se detuvo al pensar que tal vez acababa de cometer una imprudencia.

—Sí que eres tonto, ¿no sabes lo popular que te vuelves si tus amigos se enteran de que tienes una de esas mascotas?

—No podré ayudarte… Además, no sé dónde hay cachorros humanos—acentuó con molestia sus últimas palabras y se volvió a cubrir con la colcha.

—Si no me ayudas —repuso molesto— les contaré mañana a nuestros padres que tienes una mascota escondida en el lago para que vayan a cazarla y se la coman.

Una sensación de terror le acalambró el pecho.

—¿Eres Fabricio o Nicolás? —preguntó disimulando su frustración.

—Soy Fabricio —guiñó un ojo contento de tener su atención.

—¿Cómo sé si eres tú, eres igual a tu hermano?

—Mi hermano no puede hacer esto —con el dedo índice hizo girar su ojo derecho como un trompo, luego se lo sacó—. Es de vidrio. Mi papá dice que de pequeño casi muero literalmente por los humanos… pero a mí no me dan miedo —hizo una pausa hasta ver cómo Sebastián afirmaba con la cabeza—. Entonces espero cumplas tu promesa —dijo feliz, regresando finalmente a su cama.

Por muchas horas, Sebastián se la pasó sin dormir, pensando en lo que el regordete gemelo sería capaz de hacerle a un humano de tenerlo como mascota. Intentó pensar en un plan que lo despistara, sin embargo, no se le ocurría ninguno. Lo único que podría hacer sería ir por la mañana en busca de Toby y, de alguna manera, alertarle para que se fuera.

Eran cerca de las seis de la mañana. Los gemelos estaban dormidos al igual que el resto de los integrantes de la casa. Sebastián caminó a hurtadillas intentando no hacer ruido hasta salir corriendo por el descampado.

Cuando llegó a la pequeña cueva —refugio del joven humano—, lo encontró dormido.

—¡Tienes que irte! ¡Vete, amigo! ¡Tienes que irte rápido! —repetía Sebastián dándole rígidos golpecitos con sus manos.

El humano despertó confuso.

—¡Tienes que irte! No quiero que te cacen ni te coman.

Pero el humano continuaba inmutable, incomprensible.

Al sentirse frustrado, Sebastián gruñó impulsivamente. Toby, impulsado por el susto trastabillo fuera de su morada. «¡Claro, eso es!», pensó Sebastián. Entonces, gruñó con mayor intensidad, al tiempo que levantaba las manos para imitar los feroces gestos de los cazadores de humanos.

Tambaleándose aún por el dolor de su pie, Toby retrocedió un par de metros. Su cuerpo se hallaba rígido. Sus acuosos ojos llenos de incredulidad resaltaban notoriamente en su rostro atemorizado. Sebastián, a pesar de su pena, seguía gruñendo, acercándose con mayor tenacidad a su supuesta presa. Temblando, Toby giro con la intención de huir, pero en ese momento fue tirado al suelo y luego recogido del cuello por unos robustos brazos que lo apretaron casi hasta la asfixia.

—Pensé que no te lo comerías —comentó burlonamente Fabricio.

—¿Qué haces aquí? ¡Suéltalo! ¡Lo estás ahogando! —demandó Sebastián.

El joven humano apenas podía toser.

—Eres tan egoísta, me decepcionas —gruñó apretando con mayor intensidad el cuello de Toby—. Creo que ahora sí les contaré a nuestros padres que tienes una mascota humana —aseveró Fabricio haciendo un gesto reflexivo y sarcástico—. Mejor me lo comeré ahora mismo... Esas nuevas costumbres de cocinar la carne… dicen que mejoran nuestra gastronomía… ¿Sabías que hace mucho comíamos carne cruda? Hasta dicen que es más sabrosa —rio maliciosamente.

Sebastián lo sabía, lo había leído en sus libros de la escuela, y también sabía que los condenados pobres o indigentes aún tenían esas costumbres. Por otro lado, estaba seguro de que, si Fabricio se comía de esa manera a Toby, no le causaría ningún tipo de indigestión que vengara su muerte.

Nuestros antepasados los comían crudos… y es sabroso —continuó haciendo un esfuerzo por recordar, sin dejar de aplastar el cuello de su víctima—. Aproximadamente… hace unos meses… sí, fue como hace un año… con unos compañeros de clase nos comimos un cachorro humano que encontramos en la ciudad —sonrió con un gesto grotesco remojándose los labios con la lengua—. Su carne era blanda y el sabor muy diferente pero agradable... muy agradable.

—¡Déjalo, Fabricio! —refunfuñó Sebastián viendo a Toby, intentar aflojarse inútilmente de los fuertes brazos de su opresor.

—¿Sabes? No me lo voy a comer. Lo tendré como mi mascota.

Sebastián se sentía impotente, no podía hacer nada. Fabricio era más alto, más fuerte que él. En realidad, todos lo eran. Sebastián jamás se caracterizó por ser atlético, siempre fue pequeño y débil. Aunque esas características siempre habían sumado a su favor cuando se trataba de llevarse bien con los adultos o de enamorar al sexo opuesto.

Después de aquel día, Sebastián solo pudo ver a Toby a través del emparrillado del gallinero donde Fabricio lo había abandonado cerrando la puerta con un candado que poseía una única llave que llevaba consigo a todos lados y la cual guardaba celosamente en sus pantalones.

—He intentado romper el candado con una piedra, pero está muy duro. Lo he intentado, de verdad que lo he hecho —se lamentó Sebastián colocándose de cuclillas para intentar ver con mayor claridad la silueta del humano ocultándose entre las sombras—. Ojalá pudiera hacer algo más que traerte comida —suspiro afligido mientras empujaba por las rejillas racimos de uvas que al entrar caían al suelo rodando entre las gallinas. Terminada su faena se marchó prometiéndose a viva voz que no tardaría en conseguir la llave.

A pesar de visitarlo lo más seguido posible, Toby no volvió a ser el mismo con él. Cuando iba a verlo, raudamente se escondía entre las sombras, como temeroso a las presuntas intenciones de un verdugo.

—Lo lamento Toby. De verdad, no quería que esto pasara… —le dijo lastimeramente intentando observarlo entre la oscuridad— Es un cabeza hueca... Buscaré la manera de sacarte —suspiró e hizo una pausa—. Lo bueno, es que mi mamá tiene miedo a toda clase de animales, jamás se acercaría por acá. Mi papá, por otro lado, se pasa el día cazando con el señor Amancio y unos vecinos del pueblo. Mi hermana tampoco vendría al gallinero, no está dentro de sus intereses. Prefiere jugar con el otro gemelo en el pueblo —agachó la mirada intentando averiguar donde se encontraba Toby—. Y la señora Amancio, tampoco tienes que preocuparte por ella. Ella detesta estar acá, se la pasa todo el día en el sofá leyendo revistas y quejándose.

¡Ah!... Y por el idiota de Fabricio. Dudo que venga. Se encuentra feliz conociendo a otros añawys del pueblo. Son mocosos, como él... Siempre les presume tener una mascota humana, aunque jamás se anima a traerlos. Seguramente, por temor a lo que su padre pueda hacerle si lo descubre. Su padre parece ser alguien al que no le gusta que le oculten las cosas... De todos modos, puedo traerte algo de comida... Felizmente, porque mi madre me deja la tarea de alimentar a los animales... Toby... Lo... lo lamento —balbuceó.

CAPÍTULO 4

I

El sol calentaba las polvorientas calles del pueblo. Una vieja pileta colonial con ribetes redondeados circundando las esferas cóncavas, vacía de agua, servía de ornamento central en la pequeña plazuela que yacía rodeada por antiguas casas con techos de barro y quincha. En sus calles cercanas los lugareños iban y venían. Frente a la plazuela, un grupo de niños condenados corría tras un vendedor de bocadillos, los otros jugaban a los cazadores, entre ellos Samanta, como siempre persiguiendo a Nicolás que huía como víctima de sus amenazas.

Al lado de una vieja casona de enmohecidas paredes blancas, ubicada a metros de la pileta, se encontraba Sebastián aterrado de la sola idea de enfrentarse a Fabricio que frente a él se hallaba conversando muy amenamente con tres jóvenes condenados (aparentemente igual de bravucones). No obstante, Sebastián se hallaba decidido. Hoy se cumplía mes y medio de la reclusión de Toby en el gallinero y no soportaba la idea de verlo un día más en ese desagradable vertedero. «Hoy lo liberaré», se decía, tomando aire nerviosamente para coger fuerzas.

—Dame la llave —apareció gruñendo Sebastián en medio del grupo, tratando de aparentarse lo más valiente posible.

—Mira, ¡quién viene! —rio Fabricio— ¿acaso quieres pelear conmigo?

Los otros también rieron.

—Solo quiero que me entregues la llave —insistió temeroso y con menos énfasis—. No quiero pelear.

—Qué casualidad, justo les contaba a mis amigos que hoy iríamos a ver a mi mascota —dijo burlonamente. Los demás siguieron el juego sacando sus lenguas como señal de hambre.

—No es tu mascota —puntualizó enfadado Sebastián—. Por favor dame la llave —rogó.

—Si tanto la quieres ¿por qué no la tomas? —por un instante Fabricio sacó la llave del bolsillo del pantalón para mostrársela.

Sebastián se lanzó gruñendo, pero rápidamente fue esquivado por un empujón que lo hizo impactar con el suelo ocasionando que una densa polvareda se colase entre algunos transeúntes que fueron sorprendidos por el conflicto. Los condenados, cercanos y curiosos, empezaron a juntarse hasta formar un cerco. Un grupo de niños empezó a gritar: «pelea, pelea, pelea…». Entre ellos Samanta se abrió paso para luego detenerse al observar que su hermano se enfrentaba con alguien más alto, robusto y fuerte que él. Sebastián se paró sacudiéndose la ropa y se arrojó nuevamente contra su adversario, que en un segundo movimiento lo devolvió al suelo. Así estuvo tozudamente levantándose y siendo arrojado a empujones una, dos, tres veces. Finalmente, en uno de tantos intentos, logró golpear la mejilla de Fabricio que encolerizado le devolvió el golpe en la nariz, arrojándolo con furia contra el suelo. La caída elevó una polvareda más densa que las anteriores, la cual fue mezclándose con la algarabía de adultos y jóvenes desternillándose de risa. Sebastián sangraba por las fosas nasales y sus ojos se mojaban de rencor, de resentimiento y vergüenza. A pesar de ello, se paró otra vez, para la sorpresa de los espectadores. Insistió por la llave. Fabricio se la enseñó burlonamente antes de metérsela al bolsillo. Sebastián por su parte, repitió el proceso de caerse tres veces más, después de ser golpeado en la cara y el estómago. De repente, una joven que presenciaba el espectáculo irrumpió apegándose a Fabricio para sostenerlo del brazo.

—Déjalo —bramó la pálida joven que tenía un hermoso cabello castaño—, ¿no crees que ya le pegaste suficiente?

—¡Tiene razón! —gritó alguien entre el tumulto de condenados.

—Sí… ya déjalo —repitieron otros pitando.

—Salvado por una tonta —renegó Fabricio escupiendo en el suelo antes de retirarse con los bravucones de sus amigos.

Los condenados que se encontraban ahí rompieron el cerco en diferentes direcciones. Samanta por su parte se quedó observando unos segundos más, antes de retirarse también, con una aparente sensación de satisfacción.

—¿Estás bien? —preguntó la joven a Sebastián, que se encontraba llorando desconsoladamente escondiendo su cabeza entre las rodillas.

—¡Déjame! —refunfuñó, haciendo un movimiento para que ella retirase la mano de su hombro—. No debiste meterte —se limpió con la manga de su camisa, la sangre de su nariz.

—¿Qué te pasa? Si seguía, te hubiera destrozado la cara.

—Tenía que… necesitaba… —continuaba llorando.

—¿Necesitabas esto? —inquirió la joven mostrándole sonriente la llave que había robado sigilosamente del bolsillo de Fabricio—. Toma —le entregó la llave a Sebastián que se paró como un resorte, secándose las lágrimas.

—¿Cómo?... —apretó las llaves fuertemente en su mano, agradeció y salió corriendo.

»¿Qué haces? —preguntó Sebastián deteniéndose cuando la vio seguirle.

—Te hice un favor, ¿no? Mínimo quiero saber por qué peleabas tanto por esa llave.

Sebastián se detuvo.

—Lo lamento, pero no puedes seguirme.

—¿Por qué?

—Es confidencial, no puedo decirte.

—Igual te seguiré. Te hice un favor y merezco que me lo devuelvas.

—¡Ay! Lo haré, pero no ahora. No puedo perder tiempo. El cabeza hueca de Fabricio seguro ya está en camino con esos… y no quiero que…

—¿No quieres qué? —interrogó curiosa.

Hasta entonces Sebastián no había reparado, como lo hacía en ese momento, en los celestes ojos de la delgada joven que brillaban aún más, ansiosos de respuesta.

—No te puedo decir. Tengo que irme —volvió a correr, rogándole que no lo siguiera—. Por favor no me sigas —insistió otra vez.

—Lo siento, pero favor se paga con favor.

—¡Ay!... no puedo perder tiempo —gruñó.

—¿Eres una buena añawy? —se detuvo nuevamente.

—¡Lo soy! Al menos eso pienso de mí —sonrió amablemente.

—¿Me prometes que guardarás el secreto? —preguntó aún desconfiado.

—¡Lo haré!, si no, que el Dios de la podredumbre me lleve hoy mismo —respondió con solemnidad con una palma de la mano en el pecho y la otra en el aire.

—Entonces, sígueme.

Ambos salieron a toda prisa cortando por el bosque.

II

—¿Tienes una mascota humana? —dijo la joven con un gesto de peculiar sorpresa, al ver a Toby ocultarse entre las sombras del gallinero.

—No es mi mascota. Es algo así como… como un amigo. Eso creo —sacó la llave de sus pantalones para abrir el candado.

—Nunca he visto un humano en mi vida… ¿es peligroso? —preguntó temerosa alejándose unos pasos cuando Sebastián abrió la puerta.

—¿Toby? No, no, él es bueno y sabe hacer muchas cosas. Te sorprenderías de verlo —respondió contento—. ¡Toby! ¡psss!… ¡Toby!, tenemos que irnos —dijo casi susurrando en tanto apuntaba sus azulados ojos al fondo de la jaula.

Pero el joven humano no se movía, permanecía estático, forjándose como una sola figura con el resto de la oscuridad.

—¡Vamos, Toby!… ¡Toby!… No podemos seguir acá, pronto llegará el idiota de Fabricio con sus amigos ¿Quieres que te coman? —suplicó Sebastián, pero Toby no salía.

—Creo que no te hace mucho caso —comentó curiosa la joven inclinándose para ver.

—Lo lamento, de verdad lo lamento —suspiró triste Sebastián, alcanzándole una manzana que Toby recibió raudamente saliendo de las sombras y volviéndose a ocultar.

—¡Parece que tiene hambre! —exclamó la joven.

—¡Eh! ¡Tú! ¿Qué haces con mi mascota? —interrumpió repentinamente un gruñido a lo lejos.

Era Fabricio que, junto a sus tres bravucones, aparecían en la loma corriendo en dirección al gallinero.

—¡Ahora, Toby!... ¡tenemos que irnos! —chilló desesperado Sebastián.

—¿Qué haces con mi mascota? —volvió a gruñir, pero esta vez más encolerizado.

Los gruñidos exaltaron a Toby que salió a toda carrera de su prisión. Sebastián y la delgada joven corrían tras de él, perseguidos por Fabricio y sus amigos, quienes, al verse considerablemente distanciados se detuvieron para lanzar improperios y amenazas a todo pulmón. Sin embargo, Sebastián, la delgada joven y el humano, siguieron corriendo lo más veloz que pudieron. Atravesaron el descampado, el área de sembrío, los algarrobos. Pasaron por la pequeña cueva (antiguo refugio de Toby) sin siquiera notarlo. Corrieron y corrieron por el ras del lago hasta que la casa de verano de los Preysler se perdió tras la loma.

Corrieron y siguieron corriendo hasta tener la certeza de que los habían perdido y de que ya no los encontrarían. Se detuvieron después de muchos minutos, cuando ya no pudieron con la agitación.

—Veo que estás mejor —dijo Sebastián mirando a Toby a la vez que expiraba y exhalaba exageradamente poniendo cara de vomitar.

—No sabía que los humanos fueran tan rápidos —añadió sorprendida la delgada joven que estiraba su cabeza al cielo para absorber bocanadas de aire.

—Eso que aún cojea —se irguió Sebastián tomando un poco de aire.

—Creo que fuiste muy valiente —dijo la joven sonriéndole.

Sebastián sonrió también.

—¿Los humanos siempre andan así? —preguntó curiosa la joven. Sebastián descubrió el precario y sucio estado en el que se encontraba Toby.

—Olvidé traerle ropa —dijo.

Al tiempo en el que conversaban, el joven humano, se desnudó dejando al descubierto su cuerpo flagelado por el cansancio y el hambre. Posterior a eso se aproximó al lago y casi tambaleante se dejó caer sobre el agua hasta hundirse lentamente.

—¿También pueden hacer eso? —preguntó sorprendida la joven, evitando azorada ver las escuálidas figuras de Toby.

Sebastián afirmó con la cabeza.

—¿Los habremos perdido? —preguntó luego, intentando distraer su atención del espanto que le producía la enclenque imagen del joven humano.

—Fabricio es un gordo sin forma, no creo que pueda correr mucho, y sus amigos… sus amigos, estoy seguro de que son cobardes. No vendrán sin él.

El humano salió de las aguas. Estaba limpio. Su piel había recuperado el tono acanelado que contrastaba perfectamente con el color de sus ojos y cabello negro. Por un instante, la joven concentró su atención en los peculiares rasgos de Toby. Su nariz aguileña, sus orejas pequeñas y sus cejas pobladas le daban la impresión de haberse topado con un espécimen raro, de esos que se conocen sólo en los libros de ciencia natural. Sin embargo, debido a su anatomía y el estado de su cuerpo, pensó que podría fácilmente pasar por uno de aquellos condenados que suelen encontrarse en un estado de conservación intermedio. Ensimismada en sus figuras, consideró la idea de que los humanos no eran tan diferentes a los de su especie y que las cosas negativas que tanto se decían de ellos podrían bien ser únicamente habladurías ignorantes.

—Es fea su cicatriz —comentó Sebastián al descubrir la atención de su compañera en Toby.

—No lo había notado —respondió ruborizada luego de haberse dado cuenta de que todo ese tiempo había estado observando su desnudez.

—Estoy seguro de que fue una bala.

—¿Cómo lo sabes? —inquirió curiosa.

—Mi papá es cazador y en varias ocasiones he visto los trozos de carnes humanas que trae con agujeros de balas o perdigones.

—¡Mira! ¿Qué hace? —se distrajo con Toby al verlo parado pensativo frente a sus ropas pestilentes.

—Creo que no se las quiere poner… —respondió Sebastián— Tal vez mi gabardina le pueda servir —se la quitó y estiró su brazo para entregársela al humano.

—¿No te parece que le queda un poco corto? —rio la joven amenamente.

Sebastián sonrió afirmando con la cabeza. También le parecía gracioso verlo atarse el cinturón de la gabardina y ponerse después los desgastados zapatos que le había regalado.

Terminado de vestirse, Toby, hizo un gesto de despedida.

—¿Qué haces? —preguntó la delgada joven que caminaba detrás de Sebastián.

—Iré con Toby —respondió acelerando el paso.

Al percatarse que lo seguían, Toby hizo señas para que se marcharan.

—¿Por qué lo sigues? —preguntó nuevamente la joven poniéndose a su diestra.

—Es mi amigo... Eso creo. Igual yo lo metí en problemas y le debo una. Además, quiero acompañarlo hasta saber que estará bien —respondió caminando más rápido—. Creo que tú debes irte. Gracias por ayudarnos.

—¿Estás loco?, ¿y perderme la diversión? —sonrió la joven igualando su ritmo luego de dar un gracioso brinco.

El grupo siguió andando y en reiteradas ocasiones Toby volteaba sacudiendo sus manos, pero sus acompañantes renuentes al rechazo lo ignoraban. Cansado de no obtener resultado alguno, fijó su norte y prosiguió a la cabeza, siempre a paso raudo.

—Me llamo Aylin —alegremente la joven se dirigió a Sebastián—. Si vamos a ser amigos, debemos saber nuestros nombres ¿no lo crees?... ¿Cuál es el tuyo? —le estiro la mano mientras caminaban.

—Sebastián Preysler —respondió sacudiendo suavemente la blanca mano de la joven.

—¿Es un apellido europeo? —interrogó curiosa—. Una monja me dijo una vez que todos nuestros apellidos provienen de antiguos invasores de los continentes del Este.

—Mi papá dice que nuestros ancestros lo son. Dice que migraron de un antiguo país llamado España y vinieron a vivir a este continente después de la primera guerra contra los humanos —hizo una pausa—. Aylin, ¿no crees que tus padres se preocuparán por ti? —preguntó.

—Soy huérfana —respiró profundo mirando por un instante las cimas de la cordillera que se hallaban a lo lejos—. Vivo en el orfanato del convento, pero no me gusta estar ahí. La madre superiora dice que soy un engendro o una ladilla. Creo que me odia por crecer tan rápido a diferencia de las otras jóvenes de mi edad. Si no fuera por la buena de la madre Emilia, quien fue la que me encontró abandonada en uno de los pueblos de las afueras, probablemente hoy no estaría aquí. Tal vez un perro me hubiera devorado, o peor, algún humano me hubiera matado —se detuvo y retomó su risueña apariencia—.

¿Qué hay de los tuyos, no crees que se preocuparán si no llegas a tu casa?

—Lo dudo, mi padre siempre ha sido distante conmigo. Estoy seguro de que no será molestia para él. No soy el hijo que él hubiera deseado. Probablemente, se encontrará más tranquilo sin mí. Además, Fabricio en este momento debe de estar contando lo que hice y mi padre odia a los humanos. Seguro me castigará, en ese caso prefiero que lo haga cuando regrese —suspiró pensativo.

CAPÍTULO 5

I

Transcurría la tarde cuando llegaron a las ruinas de un pueblo abandonado, muy distante del lugar donde se encontraba la casa de verano de Sebastián.

—Creo que hoy podemos descansar aquí —Aylin cruzó entre los escombros de una destartalada casa que en el pasado parecía haber tenido paredes naranjas con dibujos de coloridas flores y picaflores.

—Al menos tiene un poco de techo —dijo Sebastián haciendo una seña al humano para que también ingresara.

Se acomodaron en una esquina donde parte del techo de quincha de la estancia se había desprendido formando una especie de *tipi*[5] que los protegía del aire frío de la noche que empezaba a caer acompañado del armónico grillar de los insectos. De repente, Toby empezó a rasgar el piso de tierra con sus manos hasta obtener un pequeño agujero donde introdujo un puñado de paja que había arrancado del mismo techo y que empezó a frotar frenéticamente con un

---

[5] Es una tienda cónica usada por los indígenas americanos. Construida inicialmente con piel de bisonte y palos.

pequeño palo hasta lograr un chisporroteo, que después de unos minutos de soplar y colocar cautelosamente más paja, encendió hasta convertirse en una fogata, suficientemente grande para dar calor al deforme espacio triangular en el que se encontraban.

—Wow, sabe muchas cosas —se sorprendió Aylin—. ¿Y dicen que los humanos son salvajes e irracionales? —agregó boquiabierta.

Sebastián también se hallaba sorprendido, pero no dijo nada. Intentó fingir que conocía las habilidades del que ya consideraba su amigo.

—Felizmente, tenemos a Toby… —respondió mirando el fuego—. Dicen que en ocasiones el clima de la sierra es atroz.

—Todos dicen que los añawys somos resistentes al frío. Que, a diferencia de los humanos, este no nos afecta tanto —Aylin, completó la idea intentando así iniciar un tema de conversación con el cual pasar el rato—. La verdad, yo nunca he soportado tanto el frío. En invierno a veces me congelo y la delgada colcha que me dan para dormir la llevo arrastrando todo el día —carcajeó—. La madre superiora siempre me resondra por eso.

Sebastián sonrió por amabilidad intentando imaginar cómo podría sentirse el tener mucho frío.

—Toby… él sabe muchas cosas… la otra vez trepó un árbol para sacar unos bananos… y eso que se encontraba cojo —dijo por decir, sintiendo un confuso orgullo.

—¿Cosas cómo encender fuego?

—¡Ajá! —afirmó Sebastián.

—¿Y cómo sabes que se llama así? —volvió a preguntar Aylin.

—¿Toby?... No, no… tenía que llamarlo de algún modo y fue lo primero que se me ocurrió... —hizo una pausa, luego agregó dirigiendo su mirada nuevamente al fuego— Me pregunto: Si los humanos realmente se comunican entre ellos, ¿también tendrán nombres?

II

Sebastián estaba agradecido de haber conocido a Aylin. No solo lo ayudó a rescatar a Toby, sino que ahora les proporcionaba comida.

—Si no fuera por las ratas que trajiste en tu bolso, estaríamos muertos de hambre —comentó Sebastián chupando los últimos huesitos de su brocheta.

—Gracias al fuego que hizo Toby —respondió Aylin—. Nunca me han gustado las ratas crudas —dio un gran mordisco y después metió su brocheta a la fogata—. Las había conseguido para la madre superiora. Estaba llevándolas al convento cuando te vi peleando… Seguro que ahora estará pensando que me he fugado… A la madre superiora se le estarán cayendo los últimos pelos de la cólera —se mofó revisando la textura de su brocheta antes de darle un nuevo mordisco.

Ambos rieron, muy divertidos. Luego miraron a Toby absorto en el fuego mientras comía de su manzana.

—No comes humanos, ¿verdad? —se recostó Aylin sobre un gran pedazo del techo de quincha que se encontraba en el suelo.

—Soy resívoro —respondió Sebastián—. Aunque inicialmente se les decían así a los que dejaron de comer humanos para alimentarse únicamente de carne vacuna. Actualmente, se emplea para cualquiera de sus variantes, como carne de liebre, de caballo, de rata —enseñó el palo de su brocheta limpio de carne antes de arrojarlo a la fogata—, entre otras.

—Tampoco me gusta comer humanos —aclaró Aylin haciendo una pausa—. ¿Te confieso algo? Nunca los he probado. La madre superiora no nos obliga a comer cuando hay, lo cual sucede muy rara vez… creo que entrega porciones pequeñas a los huérfanos porque secretamente se los guarda para ella. ¡Ay! ¡Si supieras! Debido a la pobreza del convento tampoco se puede esperar comer mucho de eso… Cuando me han dado, mis porciones de carne humana, se las doy a Tobías… Es un pequeñito que siempre anda con miedo a todo —explicó al darse cuenta de la confusión de Sebastián.

—¿Es por la carne humana que te escapaste? —pregunto Sebastián.

—En realidad, el convento es un lugar horrible, o lo ha sido conmigo últimamente —confesó con un gesto de decepción—. No sé si por mi edad, pero las monjas desde hace un tiempo andan viéndome de formas extrañas. Como si notaran algo en mí que les molestara. Por eso casi ni me hablan. El único que sigue siendo bueno conmigo es el lindo de Tobías y la madre Emilia. Pero ya no me gusta estar ahí.

—¿Entonces es por eso te escapaste? —volvió a preguntar.

—Tobías me vio llorando un día y me hizo prometerle que cuando hubiera oportunidad algún día, me marcharía

—respondió y luego cambio de tema preguntándole a Sebastián—. ¿Y tú eres como esos activistas que últimamente están de moda? —sonrió.

—No, no… no lo soy —respondió rápidamente, sin embargo, no estaba seguro cómo definirse—. No estoy de acuerdo con la caza indiscriminada de humanos. Además, los humanos parecen ser criaturas especiales… tal vez no son como se dice o no los comprendemos.

—O tal vez solo seas sensible —agregó Aylin amablemente—. La otra vez me castigaron porque entré sin permiso a la oficina de la madre superiora… —habló Aylin reflexionando con los ojos fijos en el fuego— Había visto un libro en su estante, era el único. El resto de la estantería estaba llena de frascos con dentaduras humanas —rio divertida al acordarse de algo—. Deberías ver lo graciosa que se le ve a la desdentada de la madre superiora. Cuando se molesta se le cae la baba hasta el piso. Es muy gracioso de verdad —Sebastián atinó en sonreír al intentar imaginar cómo podría verse una anciana desdentada con las babas cayendo—. Es por eso que los colecciona: los usa, pero… eso no es lo que quería contarte —tomó aire poniéndose seria—. Ese libro estaba escrito a mano… Había escuchado siempre que los humanos evolucionaron de nosotros. Pero no es así. Están equivocados… han vivido desde mucho, mucho antes. Fuimos nosotros los que evolucionamos de ellos hace más de tres siglos. Seguramente, el libro lo escribió alguno de nuestros antepasados, probablemente uno de los primeros añawys pensantes… debió ser cuando inventamos nuestra escritura y lenguaje.

—Eso nunca nos han enseñado en la escuela— interrumpió incrédulo Sebastián— ¿Realmente es posible?

—Déjame que te explique lo que encontré en ese libro, Sebastián Preysler. ¿Te gusta que te llamen así?

—Suena muy serio —sonrió con el rostro fulgurante por las llamas que iluminaban danzantes el pequeño espacio triangular.

—Bueno, Sebastián, en el libro decía que antes, nuestros antepasados, eran lentos y tontos, no razonaban. Sus únicas presas eran los humanos. Podían tener a un perro a su costado y por más hambre que tuvieran no se alimentaban del animal ¿Pero qué es hambre para ellos?… En fin…. Con el tiempo, sus instintos les hicieron descubrir que los animales podían servirles de recurso, en caso de no poder consumir carne humana. En ese tiempo, los humanos abundaban por todo el planeta y eran ellos los que nos cazaban, no para comernos. Nos cazaban por miedo, para defenderse cuando eran asechados por alguno de nosotros —hizo una pausa, al distraerse con el joven humano que se había recostado contra la pared para observarlos, como si los escuchara, como si la conversación fuera con él también—. Siempre dicen que los humanos son peligrosos, puede que sea verdad, pero conociendo a Toby estoy segura de que no todos lo son.

— ¿Qué más leíste en ese libro? —preguntó interesado Sebastián.

—En la época primaria… no, no… primigenia. ¡Ajá! Sí… así decía en el libro —Aylin trataba de recordar lo leído—. Bastaba con una mordida de nuestros antepasados para que un humano se convirtiera en uno de ellos. Pero, con la evolución vinieron los cambios y las mordidas dejaron de tener ese efecto en los humanos… También decía que nuestros antepasados racionales o inteligentes aparecieron muchas décadas después, naciendo como los humanos… mediante parto. Como los animales… Eso fue lo último que pude leer —suspiró decepcionada—. La madre superiora vino por una de sus dentaduras a su oficina y me descubrió con el libro. Por eso me castigó. Me encerraron en mi habitación por cuatro días sin comida, ¡cuatro días! Te imaginas lo que es eso. No porque se diga que podemos pasarnos días y días sin comer y no morirnos significa que podamos soportar el hambre, al menos nunca ha sido mi caso —se estremeció de recordarlo—. Tenía tanta hambre que me daban ganas de comer mis manos. Para evitarlo me comí las patas de mi cama. Desde entonces las monjas me apodaron la añawy castor. Pero eso no fue lo peor —soltó una graciosa carcajada—, ahora mi cama está a nivel del piso.

—¿Entonces no sabes más? —interrogó curioso Sebastián.

—El resto del libro se puede deducir, Sebastián Preysler —rio animada de llamarlo así—. Después de eso, nuestra especie empezó a aprender cosas: cuidaron mejor su aspecto, se vistieron, usaron herramientas, cultivaron las tierras para alimentar a los animales que iban a comer; sobre todo, aprendieron a manejar armas para cazar y defenderse de los humanos. Probablemente, fuimos nosotros lo vencedores en alguna guerra pasada que acabo con la mayoría de humanos.

—Lo que me dices se oye increíble —Sebastián reflexionaba de lo que Aylin acababa de contar—. ¿Sabías que los humanos pueden llegar a vivir hasta los cien años o más y nosotros tenemos un promedio de vida de cincuenta a setenta años? —se dirigió a los celestes ojos de Aylin—. Siempre me pareció poco coherente que los humanos vivieran más… —prosiguió removiendo con un palo los carbones que se inflamaban crepitantes por el fuego—. Bueno, según los libros de historia, tenemos un margen de vida menor que nuestros antepasados... Los libros dicen que nuestros antepasados podían vivir por siempre, pero… mi madre me contó que existieron en aquellos tiempos unos místicos personajes a los que llamaban brujos[6], ellos,

---

[6] Se hace referencia a los Chamanes.

con sus poderes mágicos, los mataban… Se cree que fueron exterminados antes de nuestra aparición como añawys… Aunque en la actualidad nuestro margen de vida depende de nuestro estado de conservación, algunos de nosotros tienden a descomponerse más rápido que otros y eso es un problema para muchos... Una vez escuché que un viejo añawy llegó hasta los ochenta y siete, siendo únicamente resívoro.

—¿Te has fijado en las casas del pueblo? —inquirió Aylin refiriéndose a otra cosa.

—Sí, están todas en ruinas —respondió Sebastián haciendo saltar chispas que estallaban al golpear con un palo los carbones.

—No me refiero a eso —aclaro Aylin—, estuvieron todas pintadas con imágenes de animales y flores… nuestra especie jamás haría algo así… estoy segura de que en algún momento este lugar fue un territorio humano.

Sebastián asintió, y posterior a ello permanecieron en silencio. Pasados unos minutos, Aylin dio la espalda a la cálida luz de la fogata, cubriéndose el torso con su chompa de lino. Sebastián por su parte, permaneció sentado, intentando desatar el confuso nudo que, a manera de pensamientos, se consumía en el fuego con un centenar de preguntas sin respuestas.

—Buenas noches —dijo Aylin.

—Buenas noches —respondió Sebastián.

III

Acababa de amanecer cuando unos presurosos pasos se escucharon en las proximidades.

—¡Sebastián!... —llamaban a lo lejos—. ¡Sebastián!... —decían una y otra vez un confuso conjunto de voces.

—Es la voz de mi papá con el señor Amancio, mi hermana y los odiosos gemelos —se inquietó dándoles el aviso a sus compañeros que ya se habían despertado al escuchar el griterío.

—¡Sebastián!... ¡Sebastián!... —volvían a llamar al unísono.

—Tenemos que irnos —se dirigió a Aylin—, no sabes lo que el señor Amancio sería capaz de hacerle a Toby si lo encuentra.

Los tres compañeros corrieron sigilosamente entre los arbustos del descampado saliendo por un cementerio que se encontraba en la parte posterior del pueblo. Ocultos atrás de un mausoleo, fisgoneaban el escenario donde lentamente, esquivando los escombros de las casas del pueblo, ingresaban el señor Preysler y el señor Amancio colgando en los hombros sus carabinas. Tras ellos, y a manera de fila india, Samanta avanzaba golpeando las rocas con un palo como si este fuese un bastón con el cual examinaba el terreno, seguido de ella estaban los regordetes gemelos escoltados por dos condenados, uno con machete en la mano y otro con una pistola de pedernal guardada en el cinturón.

—¡Sebastián!... ¡Sebastián!... —los escuchaban repetir.

—Rápido, no podemos dejar que nos encuentren —repuso Sebastián en tono nervioso.

Presurosos, los tres corrieron hasta perderse en el descampado cercano al desierto. Así continuaron, hasta que las voces de sus buscadores se hicieron imperceptibles.

—¿Tienes idea de a dónde vamos? —preguntó Aylin a Sebastián, tratando de caminar lo más rápido posible para no perder a Toby que siempre andaba a la cabeza.

—Lo único que sé es que vamos en dirección al oeste… ¿Sucede algo? —Sebastián observó que Aylin se sacudió nerviosamente antes de continuar.

—Por todos lados se escuchan rumores que en… —titubeó— ¿Acaso no sabes?... Seguramente son solo habladurías para asustar o… alguna creencia popular.

—¿Qué rumores?

—Siempre hay un añawy que dice que alguien le contó que en el oeste existen humanos civilizados. Una región donde viven en comunidad. Los demás añawys creen que son mentiras y se ríen. Pero da miedo pensar que sea cierto… ¿Te imaginas? ¿Humanos diferentes a los salvajes… de esos que buscan comida en los campos?

—Desde que estoy en la casa de verano no he ido mucho al pueblo —dijo Sebastián—. Por eso no ando enterado de nada. Soy de la ciudad, de la costa sur. Ahí nunca he visto humanos civilizados. Lo que sí he visto es cuando atrapan a uno robando comida en alguno de los almacenes… Cuando los capturan es muy triste. En la ciudad acostumbran a torturarlos —hizo una pausa y suspiró—. Mi padre es cazador en el Centro de Control de Humanos. Es difícil tener a un padre que espera que cumplas la mayoría de edad para enlistarte. Yo ni siquiera quiero hacerlo.

—¿Cuántos años te faltan para eso?

—Cuatro años.

—Eres un crío —rio Aylin.

—No pareces mayor que yo —respondió Sebastián ofendido.

—Tengo dieciséis y soy más alta que tú —se mofó otra vez.

Aquello incomodó a Sebastián, dejándolo en silencio por largo tiempo.

—Disculpa, no quise ofenderte —reanudó la conversación Aylin.

—No lo hiciste, pero es cierto. Todos siempre dicen que soy pequeño y débil —mordió su vergüenza Sebastián.

—¿Débil? Para nada, nunca he visto a un débil levantarse tantas veces del piso cuando ha sido golpeado. ¿Y pequeño?... Tienes catorce años... ¿Cuántos años crees que tenga Toby?

—No lo sé —respondió confundido Sebastián examinando al joven humano que avanzaba delante de ellos.

—Probablemente tenga tu edad... En un libro de anatomía animal, leí que los humanos se desarrollan más rápido que nosotros. Estoy segura de que pronto con la edad crecerás mucho más que él —sonrió Aylin intentando animarlo.

Sus ojos parpadearon como dos blancas persianas que a través de ellas ocultaban un claro cielo envolviendo una inmensa ladera.

—Hemos llegado hasta aquí y no pensamos en lo más importante —dijo Sebastián desviando la mirada de los ojos de Aylin.

El sol se elevaba en su punto más alto.

—¡No tenemos comida! —continuó Sebastián.

—Tal vez nosotros no, pero… —Aylin señaló a Toby que venía cargando *pitahayas*[7] en las manos—. ¿Qué tanto puede aguantar nuestra especie sin comer? —consultó Aylin hambrienta.

—Recuerdo que en la escuela unos brabucones encerraron a un compañero en un casillero por una semana —contestó Sebastián—. Hasta ahora no he visto a ninguno morir por eso. Pero, después de tantos días, la sensación de hambre es insoportable.

—Una vez mi hambre fue tan grande que me comí una sandía enterita que estaba destinada a los chanchos del convento —sonrió Aylin.

El rostro de Sebastián transfiguró un amplio atisbo de asco.

---

[7] «Pitahaya» o «fruta del dragón» de la familia de Cactaceae, proveniente de América.

—Confieso que no es tan desagradable la fruta —concluyó horrorizando finalmente a Sebastián que prefirió callar para evitar decir algo que la ofendiera.

Pasado un par de horas de largas caminatas, el estómago de Aylin crujía como ramas secas que se quiebran por un repentino y atroz impacto.

—¿Qué es eso, Aylin?

—Es mi estómago reclamando comida —sus manos abrazaban su barriga.

—Nunca he escuchado que a uno de nosotros le sonara el estómago por hambre —se admiró Sebastián.

—Tampoco yo, pero así me sonaron cuando la madre superiora me encerró cuatro días —repuso Aylin corriendo en dirección a Toby para pedirle mediante señas una de sus pitahayas.

—¡Qué asco! ¿Cómo puedes comer eso? —inquirió Sebastián sorprendido por el placer que Aylin gesticulaba al satisfacer su hambre.

—No está tan mal. Prueba —le entregó uno.

—Tengo hambre, pero no me atrevo.

—Pruébalo, sabe bien —sonrió insistiendo.

Sebastián lo cogió dudando. Luego de examinarlo por unos segundos, abrió su cascara y le dio un gran mordisco intentando tragarse parte de la fruta de un bocado.

—Sabe rico —masculló con la boca llena a la vez que fingía una sonrisa.

—Creía que no existiría otro como yo que pensara que las frutas no están tan mal —se dijo orgullosa.

—Es muy agradable —los ojos le brillaban mientras masticaba lentamente inflando sus cachetes.

—Sabía que no me equivocaba —dijo Aylin contenta e impresionada.

No habían caminado más de media hora cuando llegaron a un riachuelo, donde Sebastián, apoyado sobre una roca, empezó a arquearse de dolor hasta vomitar bilis.

—No estoy acostumbrado a comer fruta como tú —dijo sufriendo, mientras intentaba contener las náuseas.

—Lo lamento... lo lamento —repetía Aylin compasivamente.

—No es tu culpa —respondió aún con las náuseas, cuando apareció Toby desnudo y completamente mojado, con un enorme pez saltando torpemente entre sus brazos.

IV

Se encontraba Toby sentado al lado de Aylin, ambos a la espera de que Sebastián, al saciar su hambre, se curara del malestar que le produjo comer la fruta.

—¿Deseas un poco? —preguntó Sebastián a Aylin estirando su brazo para alcanzarle un poco de pescado crudo.

—No gracias. Me llené con la fruta —fue lo único que respondió. Su mente estaba ida, tratando de entender por qué tenía que avergonzarse al ver a Toby desnudo.

«Es sólo un humano ¿Acaso los animales no andan desnudos?», se decía para sus adentros, tan pronto se le venía el recuerdo de Toby saliendo nuevamente de las aguas y entonces un extraño calor le florecía en las mejillas, ruborizándola con un rojizo afiebrado que se le expandía por todo el rostro.

—Es una suerte que Toby pensara en atrapar un par de pescados más para el viaje —le dijo Aylin a Sebastián intentando disipar sus pensamientos.

—Toby… —suspiró contento y luego se tiró de espaldas, satisfecho y con una gran sonrisa.

V

Habían estado viajando hasta llegada la noche, cuando los tres jóvenes viajeros se refugiaron bajo el enorme tronco de un solitario enebro que por su postura torcida hacía que su parte superior, lleno de espesas hojas verdes, tocara la tierra. Para cubrirse del intenso clima quebraron unas cuantas ramas del lado más frondoso del árbol y se recostaron sobre ellas formando un colchón. Creyeron conveniente entonces juntarse como capullos entre los ramales, para compartir calor y así conciliar el sueño. Sin embargo, el frío viento de la zona desértica en la que se encontraban era inclemente, y el estruendoso silbido del viento y de las enormes ramas latigueando los oídos, les impedía dormir. Solo el cansancio, después de largas horas, pudo vencerlos.

Al amanecer, el clima había cambiado drásticamente. El calor empezaba a expandirse secamente con la llegada del sol. Los tres viajeros despertaron y empezaron a caminar alejándose del enebro hasta que éste desapareció por completo.

El mediodía despuntaba en el cielo incandescentemente. Bajo él, los polvorientos pasos formaban tres hileras consecutivas que parecían dejar un rastro de agotamiento. De repente, dos figuras a lo lejos cruzaron ante ellos en dirección al Noreste. El joven humano pensó quizá reconocer a alguien por lo que se adelantó corriendo, para después de un breve instante regresar a toda prisa gritando y esquivando balas que se perdían en el aire.

—¡Son dos mercaderes del pueblo! —exclamó Aylin, escondiéndose, al igual que sus acompañantes, detrás de una roca—. Uno de ellos arrastra dos o tres sacos… estoy segura de que a dentro tienen cuerpos humanos que van a ser intercambiados en algún mercado.

—Fsss… fsss… ¡Ey, humano!... ¡Humanito! —chistaba uno de los mercaderes exageradamente delgado con cara de cráneo que llevaba un sombrero de paja colgado a la espalda—. Fsss… fsss… ¡Humanito!... —repetía, acercándose lentamente con su viejo fusil apuntando en todas direcciones—. ¿Dónde se habrá metido la pequeña bestia? —preguntó con su chillona voz para que su compañero, un fornido condenado con cara de idiota, le prestara atención.

—Tenemos tres… con seis más de estos… —contaba torpemente con sus dedos el fornido con cara de idiota— podremos cambiarlos por unos cuantos metros de tierras —carcajeó mostrando sus torcidos dientes amarillos.

—Debemos hacer algo, si no, nos encontrarán —le susurró Aylin a Sebastián—. ¿Tienes alguna idea?

Sebastián observaba en silencio el aterrado y sudoroso rostro de Toby.

—¡Ey! Bestia del demonio —chistaba enfadado el delgado condenado del sombrero de paja, ahora a unos metros de la roca que los ocultaba—. ¡Ya sal de tu escondite! Tengo un plomazo para ti.

Aylin negó con la cabeza a Sebastián antes que saliera intempestivamente del escondite.

—¡Hola! —saludó amablemente Sebastián.

—¿Qué hace este tonto? —se murmuró a sí misma Aylin.

—¿Quién eres tú? —preguntó confundido el delgado del sombrero de paja.

—Disculpen… creo que me dispararon… me confundieron con un humano.

—¿Estás solo? ¿qué haces aquí? —indagó nuevamente el delgado del sombrero de paja, aún desconfiado.

—Me extravié y no sé cómo regresar a mi casa —señaló, fingiendo tristeza.

—¿De qué región eres?

—Vengo de Yachay.

—Pero estás muy lejos —bramó el del sombrero de paja—. ¿Cómo puedes perderte y llegar desde Yachay hasta acá? —uno de sus ojos se estiró de su cuenca ocular encorvando su abultada ceja.

—Estaba en una excursión de verano de mi escuela y me perdí. ¿Me pueden ayudar? —rogó Sebastián fingiendo preocupación.

Por un instante los condenados mercaderes se quedaron pensativos, como incrédulos.

—Está bien —vociferó de mala gana el delgado del sombrero de paja colgándose el rifle en su hombro—. Para llegar a Yachay tienes que ir en esa dirección —señaló al este.

—¡Oh!, pensé que el este era por allá —señaló en dirección contraria.

—Ese es el oeste, idiota —increpó el delgado del sombrero de paja—. Si no quieres morir, mejor no vayas allá.

—Bueno señor… gracias —Sebastián se volvió, fingiendo retomar el camino indicado.

Desde el lado oculto de la roca, Aylin mantenía su mano en la boca intentando ocultar su respiración. Toby imitaba el gesto.

—¡Espera! —el delgado del sombrero de paja le sujetó del hombro antes que se marchara.

—¿Qué sucede? —respondió inquieto Sebastián.

—¿Tienes algo con qué pagarme? No creas que todo en la vida es gratis —rio en ridículo coro con su compañero (el condenado con cara de idiota).

—Discúlpeme, señor, pero no traigo nada que pueda servirle —repuso lo más sereno que pudo.

—¿Y eso que tienes ahí? —le arrebató el bolso de Aylin que Sebastián había estado cargando todo el tiempo y luego gruñó molesto, apuntando otra vez el rifle a Sebastián, pero esta vez dirigido a su cabeza—. ¿Dónde está el humano?

—No sé de qué está hablando, señor —gimió Sebastián.

—¿Crees que soy estúpido? Nosotros no sabemos pescar. Ese trabajo lo dejamos a nuestras mascotas y conseguir una bien entrenada es muy difícil. Si tienes una mascota contigo, su valor será alto… —refunfuñó quitándole el seguro a su rifle—. ¿Me vas a decir ahora dónde está el humano?

Aylin volvió a negar con la cabeza esta vez mirando a Toby que tembloroso apareció ante los mercaderes levantando las manos.

—Miren qué tenemos aquí —los dos condenados mercaderes sacaron la lengua para lamerse los labios—. Ahora tenemos una mascota y una bolsa de pescados. No sabes lo difícil que es conseguir esto. Hoy obtuvimos un buen tesoro —ambos rieron grotescamente.

—No es una mascota —gruñó Sebastián.

—¡Tú cállate, te debería matar por mentiroso! —refunfuñó el delgado del sombrero de paja—. Agradece que te perdonaré la vida —Y dirigiéndose a su compañero le ordenó—. Coge la soga y amarra a la pequeña bestia.

El fortachón con cara de idiota se disponía a cumplir aquello cuando una piedra le impactó en la nariz haciéndolo sangrar a borbotones.

—¿Pero qué…? —se quejaba lastimeramente apretando su nariz para evitar la hemorragia.

—Suelta a mis amigos —temblaba Aylin amenazante mientras elevaba otra piedra del tamaño de su puño.

—¿Tus amigos? —echó a reír el delgado del sombrero de paja— ¿Eres una… o…? Eres rara… ¿Ahora tenemos dos? —continuó riendo escandalosamente sin dejar de apuntar su rifle a Sebastián y Toby.

Aylin le lanzó una piedra haciéndola impactar en su cabeza que empezó a chispear sangre negra y putrefacta.

—¡Bestia! A ti te llevaré de mascota a un circo —encolerizado amenazó a Aylin—, el hablarme no te salvará… mejor te llevaré a una posadera de humanos para que sufras violada —con una mano se cogía la cabeza que seguía sangrando a borbotones.

En ese momento, el condenado fortachón con cara de idiota sujetó por la espalda a Aylin inmovilizándola. Ella gruñía mientras era atada. Sebastián rogaba que la soltaran. Toby, por su lado, emitía ilegibles sonidos de desesperación.

Después de unos minutos, el condenado que había atado a Aylin se encontraba inclinado frente a ella, observándola minuciosamente, tratando de comprender algo que no entendía.

Repentinamente, un sonido estridente le reventó la cabeza salpicando sus sesos por todas partes.

—Pero ¿qué…? —otro estridente sonido le explotó la cabeza al delgado del sombrero de paja antes que tuviera tiempo de reaccionar.

Estaban todos cubiertos de sesos y sangre cuando se acercaron dos jinetes humanos con sombreros y ponchos.

—Límpiate con esto —arrojaron un retazo de tela en las manos del joven humano.

Eran dos hombres de presencia imponente montados sobre un caballo negro y otro de pálido alazán. Aquel que se encontraba en el caballo negro parecía tener el mando. Era alto, su cabello, que apenas podía verse bajo su sombrero, estaba cano. Llevaba consigo una escopeta con ribetes de metal dorados. El otro, el que se cubría la boca con un pañuelo, tenía una mirada como de piedra. Era más bajo, su cabello largo, negro y medio rizado brotaba de su sombrero. Guardaba una daga en un lado de su cinturón, y en el otro, un revólver con adornos plateados en la empuñadura.

—¿Cómo te llamas? —le preguntó el hombre de la escopeta a Toby.

Un prolongado silencio se fundió entonces en el desértico paisaje. El joven humano parecía estar asimilando los hechos y la voz parecía ahogársele en la garganta.

—¿Cómo te llamas? ¿Acaso no sabes hablar? —preguntó nuevamente.

—Mi… mi nombre es… Matías… Matías Pinto… Vidal —respondió luego de un breve silencio.

CAPÍTULO 6

I

Sebastián no entendía qué clase de comunicación se estaba gestando entre Toby y aquel humano de la escopeta, pero creía, tal vez porque el hombre del pañuelo en la boca no dejaba de apuntarle en la cabeza, o porque Aylin seguía atada, que del fruto de esa discusión dependería el destino del grupo.

—¡Edric! —llamó el hombre del pañuelo en la cara luego de haber atado y amordazado a Sebastián—, quizás se encuentren en los sacos.

—¡Échales un vistazo! —ordenó el otro hombre dejando de lado su diálogo con Matías.

—Es Eufemia… está muerta —dijo luego de cortar con su cuchillo uno de los sacos de esparto para examinar su contenido—. Es Benito… está muerto —Volvió a decir después de hacer lo mismo con el siguiente—. Y es… —no había terminado de cortar el último saco cuando el hombre cayó de espaldas en la tierra.

—Es... es Ber... Berta —gritó con la voz quebrada—. ¿Cómo...? ¿Cómo es... es posible? —retrocedía a duras penas por la casi parálisis de sus piernas.

El cadáver de la mujer llamada Berta que se encontraba en el saco de esparto rompió la rasgadura de tela, logrando liberarse y salir tambaleante. Se veía como un espectro amarillento de ojos completamente blancos. Caminaba lento (como si cada parte de sus huesos estuvieran fracturados), amenazante, en dirección al hombre del pañuelo en la boca. Gruñía, como lo hacen las fieras hambrientas, mostrando sus dientes. De repente retumbó un disparo. Era el hombre de la escopeta, Edric, quien había disparado.

El cuerpo de la mujer muerta se partió por la mitad. Ahora, la parte superior avanzaba arrastras estirando los brazos hacia el hombre del pañuelo en la cara. Mientras lo hacia sus tripas dejaban sobre la tierra un rastro de sangre nauseabunda que iba acercándose cada vez más al susodicho, que en su desesperación de tener al cadáver rasgándole las botas, sacó del cinturón su larga daga y con frenesí, o por un espontáneo espasmo, la empezó a incrustar en la cabeza de la mujer muerta en repetidas ocasiones, casi demencialmente. Y lo siguió haciendo hasta deformárle el cráneo, a pesar de que el cadáver se encontraba finalmente inmóvil.

—…Está sucediendo Rocco, nuevamente va a ocurrir —reveló Edric con tranquilidad mientras limpiaba su escopeta con un pañuelo.

—Debemos avisar a todos. Algo debemos hacer —se inquietó nerviosamente Rocco, atisbando por el rabillo de los ojos a Sebastián y Aylin—. ¿Qué haremos con ellos? —preguntó.

—El chico me pidió que no los matara.

—¿Dice que estos condenados no comen humanos? —señaló Rocco a Sebastián y Aylin que se encontraban atados y amordazados contemplando a sus captores—. No existe tal cosa… ¿Y ella? ¿Qué diablos es ella?

—No lo sé, quizás recién se haya convertido o… se esté convirtiendo.

—Entonces ¿por qué no los matamos y nos evitamos el peligro? —rogó ansioso.

—No lo negaré, tengo curiosidad… no se comportan como los demás condenados… ¿Te has dado cuenta que casi no gruñen?... Pareciera como si el muchacho pudiera manejarlos… Si fuera eso cierto, ¿no crees que sería de gran utilidad? —puntualizó reflexivo Edric—. Igual me prometió que los mantendría tranquilos. Si no lo hace, los mataré, incluyendo a él, al chico.

—¿Y lo que acaba de pasar? ¿Cómo explicas eso? ¡Debería haber estado muerta! ¡Muerta de verdad! —exclamó escandalizado Rocco recordando a Berta.

—Se escuchan rumores, amigo —palmeó el hombro de Rocco con la intención de aminorar el peso de sus palabras—, rumores de que en alguna región del sur los primeros condenados están regresando. Parece que provienen de Tierra del Fuego.

—Pero ¿no se supone que no existían o estaban extintos?

—Parece que no es así.

—¿Y eso no es una isla o algo así? ¿Cómo es… que están apareciendo esos condenados?

—Nadie lo sabe… siempre creí que eran rumores —respondió fríamente.

—Pobre Berta… —se lamentó Rocco después de ver el cuerpo acribillado—. Si no me equivoco, los antiguos condenados convertían a los humanos mordiéndolos, ¿no es cierto?

—Así es… a los que se escapaban, si no se los comían —Edric hizo una pausa para pensar—. Ahora tenemos que quemar estos cadáveres. No queremos que algo que aún no sabemos se convierta en epidemia.

—Como seguro sucedió en el pasado —aclaró Rocco.

Edric afirmó con un gesto serio.

II

La hoguera ardía ferozmente ante los ojos expectantes del grupo que observaba como los dos hombres que los habían salvado incineraban los cadáveres humanos de sus amigos, el cadáver de la mujer convertida y los dos cuerpos acéfalos de los condenados mercaderes.

Al lado de la fogata, Matías miraba sudoroso cómo el fuego, desde su parte superior, expulsaba al cielo una gran cola de humo que se perdía al ascender a las nubes. En cambio, Sebastián, desde su lado en el suelo, atado y amordazado igual que Aylin, trataba de entender quién había sido aquella mujer que parecía ser uno de los primigenios de su especie.

Por su parte, Aylin se hallaba aterrada por la idea de acabar muerta por los dos imponentes hombres de extrañas vestimentas. Peor aún, por la idea de ser violada. En muchas ocasiones la madre superiora la había amenazado diciendo: «...si te sigues portando como te portas, te llevarán los malditos humanos para violarte». Sin embargo, en ese momento, tales amargas palabras no le eran lejanas. Por el contrario, se formaban como recién dichas y le traían el recuerdo de una tarde de invierno donde, escondida entre los corredores oscuros del convento, oía a la madre superiora contarle secretamente a una monja:

—En un inicio todos eran idiotas —la desdentada madre superiora susurraba escupiendo saliva—. Apenas podían pensar para alimentarse. Éramos cazadores de humanos por excelencia, pero también nos cazaban ellos a veces… Y a nuestras mujeres —cada vez que intentaba hablar más bajo se le estrujaban los labios hacia el interior de su boca—, las que eran consideradas bellas por los malditos humanos eran prostituidas. Se dice que las llevaban a burdeles de las Tierras del Fuego en el Sur donde eran encadenadas en asquerosas camas que antes habían sido infestadas por el semen de otros. Parece que los humanos de antes eran inteligentes y tenían oficios de obreros de minas ahí. Eso se dice, como se dice también que violaban a nuestras mujeres sin compasión.

La madre superiora parecía divertirse al observar el rostro espantado de la monja novata.

—Fue ahí donde todo empezó… Una de las prostitutas primigenias, o sea nuestra antepasada, salió embarazada de un asqueroso humano —dijo con voz tenebrosa— ¿y qué crees? Dio a luz al primero de nosotros con la capacidad de pensar... ¿Lo ves? ¿De dónde crees que viene el nombre añawy? De la raíz de una antigua lengua llamada quechua. De «añaw» que significa virus. El virus, el germen que nos pasaron los humanos nos hicieron pensar y nos redujeron la vida —sonreía obscuramente abriendo su desdentada boca.

Aylin recordaba que en aquella ocasión tal conversación le había parecido un cuento, como si esas palabras fuesen una explicación que la madre superiora había inventado con la intención de asustar a la monja novata, o tal vez, para justificar su falta de conocimiento ante una pregunta inoportuna. Sin embargo, las recordaba como un frío cuchillo que va calándose en el eco hasta llegar a su cerebro. Las recordaba, y un escalofrío eléctrico le recorría el cuerpo cuando se imaginaba que cupiera la posibilidad de que aquello pudiera ser cierto. Pero, estando atada, amordazada, sin libertad y afligida, el terror crecía, y lo único que podía era seguir con la mirada el movimiento que sus captores hacían.

—Berta tenía una mordida… —dijo Edric inclinándose para recoger las armas que habían sido de los mercaderes.

—¿En dónde? No la vi —se estremeció Rocco.

—Justo a la altura del antebrazo. Parecía que le hubieran comido un poco de carne.

—Malditos condenados —dijo con desprecio refiriéndose a los dos mercaderes—. Seguro ellos… la mordieron.

—No lo creo. Esos condenados eran trueVeros —sentenció Edric pensativo—. Capturan personas vivas o muertas para luego cambiarlas en su mercado por algo de valor. Estos condenados en caso quieran comer, matan primero a su presa, no se la comen viva… Me refiero a que Berta debió haber sido mordida por algún otro condenado, uno irracional, quizás de esos antiguos que te convertían al morderte, antes de ser atrapada.

—Quizás los condenados actuales hayan recuperado esa forma de contagiarnos…

—Sabes —interrumpió Edric— que los condenados no son las bestias de antes. Son listos, viven como nosotros, y al igual que nosotros nos cazan con armas. ¿Acaso te parece normal que un condenado te ataque como si no tuviera conciencia, como un animal? —hizo un gesto al fuego en alusión a Berta.

—Pobre Berta… le dije que no fuera al sur, que era peligroso, pero como siempre, quiso acompañar a su hermano en esa estúpida expedición —pateó una piedra con resentimiento.

—Te gustaba, ¿verdad?

—Un poco —respondió y permanecieron en silencio contemplando las llamas crepitar infernalmente.

—Ya es hora de irnos, apaguemos el fuego —dijo Edric después de unos minutos de silencio.

III

La tarde se desvanecía inmersa en aquel peculiar frío seco que es exclusivo de la Sierra Central. Aquel frío que, depositándose de forma gradual y silencioso en las mejillas de los viajeros, las cuartea quemándolas rosáceamente hasta formar un capullo que parece ser una marca de distinción típica y familiar en la región.

De vez en cuando, Matías volteaba la cabeza para echar un vistazo a sus compañeros y, acongojado, los descubría moviendo los ojos desesperadamente de un lado a otro como si intentaran sujetarse con ellos de alguna cosa que les permitiera escapar. Así caminaban, a veces rápido, a veces lento, dependientes de las tensiones que las sogas —sujetas desde un extremo a sus muñecas y del otro a las monturas—, hacían cuando los caballos avanzaban.

Mientras cabalgaban, los dos hombres charlaban sobre anécdotas de borracheras o mujeres.

—Chico, ¿me dijiste que ibas al oeste y que estos dos son tus acompañantes? —preguntó Edric repentinamente atisbando por el rabillo de los ojos a Matías que con fuerza lo sujetaba de la cintura por miedo a las remecidas que el caballo daba constantemente.

—¿Acaso no te enteraste que los condenados han devastado las últimas ciudades de la costa? —agregó Rocco secamente intentando mantener el control de su caballo que subía por una senda abrupta.

—¿Han sido devastadas?

Edric hizo un gesto modoso de afirmación y añadió.

—Chico, por lo que tengo entendido, de la costa sur y centro quedan solo ruinas. Los condenados atacaron con todo su arsenal y los sobrevivientes se han esparcido a las alturas de la sierra buscando refugio en los montes y cordilleras.

—Edric tiene razón —continuó Rocco.

—Pero yo… yo tengo que ir, ahí está… —balbuceó.

—¿Tienes a alguien?... ¿Quizás una mujer?... ¿No sabes lo difícil que es tener mujer en estos tiempos? Hasta eso escasea a veces —intervino pretencioso Rocco, desacelerando el paso de su caballo pálido alazán para acercarse a Matías.

—No… a nadie… —masculló Matías rápidamente.

Cuando llegaron al primer sendero de piedra hecho por los hombres, la noche ya era intensa.

—Creo que pueden dejarnos en el pueblo más próximo —dijo de repente Matías, mirando a Edric.

—No lo haré, chico. No existen pueblos cercanos, los que una vez hubo ya no existen… además creo que será más seguro que vengas con nosotros —decretó.

—Entonces déjanos aquí —rogó Matías.

—Imposible —respondió apretando las riendas de su caballo.

—No puedes hacer eso, tuvimos un acuerdo… dijiste que si los mantenía tranquilos nos acompañarías hasta la salida… —demandaba Matías, pero fue cortado por Rocco.

—¿A la salida de qué mocoso? ¿De esta región? Estamos yendo en la misma dirección a la que tú vas. Por eso te llevamos con nosotros. Sé más agradecido —dijo enfurecido.

—Tranquilo, chico, te voy a llevar a Wayrapampa. Así llamamos a esta nueva comunidad que está formada por migrantes de todas partes.

—Pero yo… tengo que… —se decía Matías casi murmurando.

—Es en esa dirección. Ya estamos cerca —indicó Edric unas altas montañas de matices negras y blancas.

—Pero ¿qué pasará con…? —preguntaba Matías.

—Probablemente, nos den un buen precio… tienes dos condenados muy raros —confesó.

Rocco se mostró alegre, interesado en aquellas últimas palabras de su amigo.

—Si tus condenados, como dices, no comen humanos —agregó—, podrían ser las primeras mascotas obedientes y estoy seguro de que muchos pagarían un buen precio por algo así.

—¡No son mascotas! —contestó Matías preocupado.

—Imagínate, un ejército de condenados mascotas —bromeó Rocco—, todo lo que se podría hacer.

—¡No puedes venderlos! —repuso Matías a Edric—. ¡No te pertenecen!

—Tampoco creo que te pertenezcan a ti —Edric arqueó la ceja despectivamente—. Si fuera así ¿por qué estarían atados a nuestros caballos?

—No seas idiota, mocoso —continuó Rocco—, ¿Qué haces con dos condenados si no les sacas provecho?... conviene venderlos, así te daremos tu parte.

—No los quiero vender —dijo a regañadientes Matías.

—Bueno, chico —resopló Edric por las narices— si tus condenados conocieran el valor del dinero y pudieran pagarme los dejaría libres, pero sé consciente, vivimos en un mundo complicado donde lo importante es la supervivencia.

—Los condenados podrán haberse vuelto muy inteligentes —intervino Rocco—, pero tengo entendido que no han inventado el dinero. Su economía sigue siendo primitiva… los he visto solo haciendo trueques.

—Nosotros, en cambio, aunque de forma escasa en estos tiempos, siempre hemos tenido nociones del dinero —agregó Edric—. Es lo que nos hace humanos.

—Es cierto que es difícil obtenerlo —afirmó Rocco—. Hasta pareciera que nos estuviéramos volviendo igualmente primitivos… como esos infelices condenados, pero si tienes dinero puedes tener poder y el poder son muchas cosas… buen refugio, buen alcohol, buenas mujeres… —expresó haciendo un gesto obsceno—, abastecerte de muchos alimentos… sobre todo de esos traídos del norte.

—Dicen que la región del norte ha sido limpiada… que nuevamente se está restableciendo el orden social de los humanos, por lo tanto, el comercio está floreciendo nuevamente —dijo Edric.

—No te imaginas la variedad de cosas deliciosas que se venden ahí —le continuó Rocco.

—Nuestra intención es irnos para allá, al norte, vivir junto a los verdaderos civilizados, pero aún no podemos. Es muy caro. Por el momento, podemos estar acá… con vida. Por otro lado, tenemos una misión en estas tierras —Edric observó las puntas de las cordilleras que empezaban a oscurecerse—. Basta ya de charlas, tenemos que avanzar más de prisa, no conviene quedarnos afuera cuando anochezca   —concluyó.

CAPÍTULO 7

I

A pesar del negro cielo salpicado de estrellas circundantes a una inmensa esfera plateada, la comunidad que yacía bajo ella, estaba muy bien iluminada por grandes antorchas que, colocadas en posiciones estratégicas del suelo, se veían expandirse hasta los confines de sus fronteras, las cuales estaban cercadas por gruesos muros de dos metros hecho con troncos y cubiertos con alambreras de púas.

—Hace unos meses nos expandimos más de veinte hectáreas —dijo Edric a Matías cuando se hallaban a unos metros de la comunidad—. Probablemente, nos expandamos otras diez hectáreas cuando lleguen más personas… Me parece que ese es el máximo tamaño de esta meseta.

Sin embargo, Matías no estaba atento a lo que su anfitrión decía. Su atención estaba puesta en Aylin, que al igual que él, temblaba atrozmente por la helada.

Finalmente, llegaron a un inmenso pórtico de madera rojiza en la que se escribía en su parte superior el nombre: Wayrapampa. Dentro del pórtico, dos hombres con ponchos y chullos, que colgaban rifles en sus hombros, se hallaban chacchando coca mientras conversaban amenamente. Al descubrir la presencia de Edric y Rocco, callaron para rápidamente abrirles las puertas.

El grupo ingresó lentamente ante la mirada boquiabierta de los vigías. Uno de ellos corrió al revelar la presencia de los condenados. El otro retiró su rifle del hombro y lo apuntó nervioso en dirección a Sebastián, a la espera de alguna orden o alerta de peligro.

Sin importarles las miradas temerosas de los otros hombres que se encontraban también de guardia, Edric galopó lentamente guiando a los demás a través de un corredor empedrado que se encontraba rodeado por la combinación de áreas verdes y espacios baldíos.

Se detuvieron al llegar a la estatua de un condenado siendo quemado en una hoguera. Desde esa estatua, el camino empedrado se bifurcaba hacia diferentes direcciones, esquivando jardines y pequeñas casas de adobe con techos de calamina y tejas rojas.

Los hombres que se hallaban en las monturas de sus caballos bajaron al notar a un anciano de pintoresco traje regional acercárseles escoltado por dos *ronderos*[8] que venían

---

[8] Organización comunal de defensa armada surgida de manera autónoma en las zonas rurales del Perú a mediados de los años 1970, siendo su principal función el patrullaje de senderos, caminos, pastizales y campos.

armados. Uno de ellos era el hombre que anteriormente había corrido al notar a los condenados.

—Buenas noche, cacique —saludaron respetuosamente Edric y Rocco.

—Llegaron tarde —respondió el anciano con voz ahogada y lastimera que se acercó lentamente apoyado en su bastón—. La gente está durmiendo.

—Lo lamento —se disculpó Rocco, quitándose el sombrero para imitar a Edric que tenía el suyo apretándolo en el pecho.

—¿Los demás? —preguntó el anciano intentando abrir sus ojos que se figuraban como dos cansadas líneas en su rostro—. Es una pena —se lamentó después de entender el gesto que Edric y Rocco hicieron agachando la cabeza silenciosamente.

—Intentamos rescatarlos, pero…

—Déjalo, Edric —dijo sereno el anciano—. Pasan esas cosas.

—¿Este muchachito? —acercó su rostro al de Matías tanto que podía sentir su agitación.

—Me llamo… Matías, señor —alejó su rostro del anciano.

—¿Y la muchachita?

Todos se sorprendieron ante tal aseveración.

—No se acerque mucho, cacique, no estamos seguros qué es —Rocco empujó a Aylin para alejarla, haciéndola caer sentada.

—No seas bruto, Rocco… a las mujeres no se les pega —señaló el cacique haciendo un ademán para que la levantaran.

El rondero que había dado el aviso dudó, pero la autoridad que imponía el anciano lo obligó a cumplir con lo ordenado.

—Está desnutrida como el muchachito —agregó cuando la vio de pie.

—¿Y el *aya*[9]? —continuó con su interrogatorio acercándose con paso lento a Sebastián.

El otro rondero empuñó su rifle para apuntarlo hacia la cabeza de Sebastián que, imposibilitado de movimiento, emitía sonidos de pánico.

—Es mi compañero —intervino Matías nervioso.

---

[9] En quechua significa: Muerto, difunto, cadáver.

—¡Calla, mocoso! ¿Acaso te dijeron que hablaras? —renegó Rocco.

—¿Compañero? ¿Cómo? —el anciano arqueó una ceja.

—Dice el chico, que estos condenados no comen humanos y que este —Edric señalo a Sebastián— le ayuda consiguiéndole comida.

—No es seguro aun así, ¿por qué lo trajiste? —preguntó serenamente el anciano.

—Por el chico, cacique. Discúlpeme. Lo encontré vagando cerca al desierto. Pero estará de paso, no molestará… Solo una semana para que recupere fuerzas... Puede verlo —señalando con el pulgar a Matías y se acercó al cacique para susurrarle al oído—, necesita comer un poco… luego se irá a la Costa con sus condenados —con el mismo dedo indicó las montañas del oeste que se encontraban tras de él.

—¿La Costa?... Está destruida, muchachito. ¿Para qué vas? —inquirió el anciano acercando nuevamente su cara a la de Matías.

—Busco a un familiar, señor —repuso alejándose un poco.

En ese momento cuatro figuras humanas se formaron en la distante oscuridad. Todos parecían sujetar rifles en sus manos, excepto uno: la figura más alta.

—No encontrarás nada allá —dijo amablemente el anciano raspando su voz para no sonar tan ahogado—. Pero… si te gusta acá, puedes quedarte. Este sitio es bonito. Asimismo, necesitamos personas… jóvenes.

—No puedo quedarme, tengo que… —respondió Matías con firmeza.

—Bien tercos, los muchachos de ahora —sonrió el anciano—. Pero es de alegrarse que en la actual vida se tenga una razón. Las personas ahora viven sin razones para nada… —se rascó la frente—. Si no encuentras a tu familiar, debe estar oculto en las montañas. La gente que ha quedado viva está yendo a la sierra a formar casas. Te va a ser una ardua búsqueda.

—¿Necesita algo, cacique? —indagó un hombre alto y moreno de facciones muy toscas que apareció de la oscuridad para colocarse como guardián a la diestra del anciano.

—Bien, bien, Fernando —agradeció el anciano sin mirarlo, y de inmediato agregó— Tenemos invitados… ¡Desaten a la muchachita!

—No podemos hacer eso, señor —se adelantó Rocco—. Es peligroso. No sabemos si es una condenada o recién ha sido infectada —concluyó ante la sorpresa de los demás.

—Berta se convirtió, cacique —intervino Edric rompiendo con su habitual serenidad.

—¿Algún problema con eso? —cuestionó Fernando que, al plantarse frente a Edric y Rocco, dejaba al descubierto su gigantesca figura.

—Idalia que la examine, después veré qué hacer —el anciano se rascó la frente—. Al *aya* enciérrenlo en una jaula —dijo mirando a Sebastián—. Al joven denle nidal… se irá en una semana y llevará a su *aya* —miró a Matías—. Si quiere quedarse, su *aya* morirá en el fuego… Mientras. Es invitado.

II

Aquella noche, después de muchos meses, Matías, bajo un techo cálido, sentía la felicidad que producía el confort de una cama, la suavidad de unas frazadas cubriéndolo del frío, el placer de un baño con agua tibia. Sobre todo, sentía alegría por las caricias que el aroma del pijama limpia colaba por su nariz. Empero, todo aquello era mermado por la incertidumbre de no saber qué podría sucederle a sus compañeros. Aquello le hizo estar largas horas sin dormir, revolcándose de un lado a otro hasta finalmente ser derrotado por el cansancio.

Era cerca del mediodía cuando despertó. Sentado desde su cama, examinó con detenimiento el pequeño recinto que, debido a sus preocupaciones, no había prestado atención la noche anterior. Se encontraba en una casita rectangular de apenas unos metros con espacio suficiente para una cama, un velador, una silla, un armario, y un baño totalmente visible que no dejaba rincón a la intimidad. Se perdió por un instante en el olvido del polvo que recorría las telarañas colgadas como estalactitas ondeantes del techo de calamina. Luego en el recuerdo de sus compañeros que prontamente fue perturbado por los murmullos externos de niños jugando a la pelota. Abrió las cortinas, también la ventana y, tras el mosquitero, sintió la brisa fresca mientras contemplaba el azul cielo de la sierra central navegar entre blancas cascadas proveniente de los altos picos de una montaña nevada.

Volvió a examinar el recinto que, a su parecer, se asemejaba más a una habitación. No poseía ostentosidad. Parcamente, un pequeño cuadro resaltando de la pared de enfrente con la imagen de un Cristo autóctono como única decoración. Bajo él se hallaba un velador con una jarra con agua que al verla le provocó beber. A un lado, reclinado en la pared, se hallaba una solitaria silla. Encima de la misma, un sombrero de paja toquilla formaba parte de un conjunto de ropas limpias minuciosamente dobladas al lado de unas botas de cuero. Por un momento, la comodidad le hizo pensar que tal vez no sería mala idea vivir en aquel lugar. Pero prontamente se desvanecieron sus ilusiones al recordar que no sería lo mejor para sus compañeros, a los que sentía que extrañamente empezaba a estimar.

Al salir de la habitación, tenía puesto un *jean*, un poncho rojizo con pictogramas indígenas y botas negras que hacían juego con el sombrero gris de ala ancha, el cual le daba la apariencia de ser un integrante más de la comunidad. Se veía muy distinto a la persona pobremente vestida que había sido hace apenas unas horas.

En un principio, no sabía a donde ir, por lo que decidió dar un paseo para ubicarse. Lo primero que notó al salir fue que la casita que le habían otorgado se encontraba al lado de un pastizal donde dos árboles hacían de un único arco de fútbol que era asechado por niños que, con alegría, perseguían desordenadamente un balón hecho de trapos mal cocidos. A medida que se alejaba, caminaba entre jardines, recreos de infantes y casitas rurales más grandes y bonitas que la suya. Llegado a un punto, empezó a ver adultos yendo y viniendo por las callecitas empedradas. Dio unas cuantas vueltas de esquina y se detuvo finalmente a unos metros de la entrada principal para observar más detenidamente la imponente puerta por la que había entrado la noche anterior. Al lado de esta, un grupo de hombres armados conversaban, desde su posición de vigías, sobre los infortunios de salir de expedición. Uno de ellos se percató de la presencia de Matías y lo saludó a la distancia abriendo la palma de su mano, a lo que Matías respondió con una sonrisa y cambiando rápidamente de dirección.

Llegado a un patío se encontró con Rocco que cepillaba a su caballo.

—¿Dónde están? —Matías se acercó raudo, como quien tiene una urgencia.

—Si buscas al muertito, está en la perrera. Es por allá —señaló.

—Ya está todo, ¿nos vamos? —apareció repentinamente Edric, jalando su caballo negro.

—¿A dónde van?

—Iremos a la otra comunidad a buscar comprador para tu mascota —intervino Rocco—. Si no lo hacemos pronto, perderemos la oportunidad de venderlo… no queremos que lo quemen antes, ¿verdad?

—¿Venderlo?... Ustedes dijeron que me marcharía en una semana con ellos.

—No queríamos que el cacique lo quemara en ese momento —completó Edric—. La idea es ganar un poco de dinero con él.

—No pueden hacer eso —se quejó Matías.

—Chico, a estas alturas ¿crees que algo te pertenece? —respondió Edric, cortante— Aparte, solo nos queda ese condenado. Al parecer tu amiguita no resultó ser un *aya*.

—¿*Aya*? —preguntó confundido Matías.

—*Aya*, en quechua, es condenado, muerto que vive, cadáver o como quieras decirlo —se mofó Rocco.

—¿Dónde está ella?

—Está en la Enfermería de Idalia —agregó Rocco y se marcharon galopando, dejando a Matías desconcertado.

Una vez restablecido, corrió a la Enfermería. Cuando llegó, le hicieron entrar en una ajustada habitación donde una delgada chica con bata blanca se encontraba recostada sobre una cama metálica. Estaba completamente aseada. Sus cabellos eran castaños, sus ojos fulgurantemente celestes poseían un peculiar acaramelado bajo la luz del sol, su piel blanca, y sus pies descalzos parecían frágiles porcelanas. Nunca, hasta entonces, Matías había reparado en su belleza. Nunca hasta entonces la había visto como en ese momento, extrañamente emocionado y nervioso.

—No te preocupes. Está bien. La examiné y no tiene mordedura —dijo afablemente la enfermera Idalia mientras salía de la habitación—. Es sana la niña. Poco desnutrida, pero sana —continuó, volviendo su rostro de mujer madura, seria, pero amable—. Su carácter lo tiene dócil, pero no habla ni come. Le puse una sopa y ya se enfrió. Solo la mira y gruñe como si llorara.

Matías se sentó a los pies de Aylin. Observaba sus labios, sus cabellos y sus ojos depositados en la unión de sus manos que yacían inmóviles sobre sus piernas.

—¿Estás bien? —le preguntó, pero ella no respondió. Seguía evitando el contacto visual—. ¿Sabes hablar?... Me has acompañado en el viaje y nunca te he escuchado decir una palabra… No pensé que eras… —continuó Matías.

Aylin seguía silenciosa, pero esta vez sus pulgares se movían haciendo círculos.

—¿Tienes algún nombre? ¿Cómo te puedo llamar? —Aylin gruñó suavemente. Gruñó como intentando decir algo con los ojos llenos de lágrimas.

Quizás por impulso, por ternura o compasión, Matías, abrazó a Aylin, llevando contra su pecho la cabeza de una adolescente indefensa que empezó a llorar.

—Tranquila, yo te cuidaré —la consolaba Matías, sintiendo el aroma del champú en sus cabellos recién lavados.

»¿Ya estás mejor? —inquirió después de un momento, enjugando los ojos de Aylin con una esquina de su poncho—. Ahora tienes que comer —le dijo cogiendo la cuchara del plato de sopa—. Se llama *Inchicapi*[10]. A mí me encanta… tiene maíz, maní y gallina —pero Aylin esquivó la cara cerrando fuertemente los ojos cuando intentó llevarle una cucharada a la boca—. De verdad es muy rica —Matías echó una cucharada en su boca haciendo un gesto placentero para que Aylin lo viera—. Prueba —insistió un par de veces logrando que, de mala gana, sorbiera un poco de sopa—. Sabe mejor caliente —dijo decepcionado al ver que Aylin sacaba la lengua con asco—. Te acostumbrarás —añadió volviendo a llevar una cuchara a la boca de la joven—. De todos modos, necesitas recuperar fuerzas.

Terminada la sopa y el postre de mazamorra de calabaza, Matías permaneció unos minutos en silencio observándola minuciosamente, como intentando dar respuesta a preguntas que no sabía cómo plantearse correctamente.

---

[10] Sopa de gallina típica de la selva peruana hecha principalmente con harina de maíz, maní y yuca.

—Bueno, tengo que irme… muero de hambre… me dijeron antes de entrar que fuera a partir de la una a un comedor que no entendí dónde se encuentra —dicho ello su semblante se volvió serio—. Luego averiguaré donde está la perrera donde se encuentra nuestro amigo —concluyó dándole un beso en la mejilla antes de ponerse el sombrero y marcharse dejando la puerta junta para que Idalia, que se encontraba leyendo en un viejo escritorio ubicado en una salita de recepciones, estuviese pendiente de Aylin, que ahora se encontraba con el rostro rosáceo por el beso.

III

Al día siguiente, Matías visitó a Aylin en la Enfermería.

—Quedó todo muy bien —dijo animado, parado desde un lado de la cama.

—Lo que se puede, se hace jovencito —respondió Idalia golpeando suavemente con las palmas los pliegues del cubrecama para que estos por fin quedaran asentados—. Será bueno que me haga compañía… El cacique dijo que pronto le daría una casita o le buscará una familia donde quedarse… No sabes cuan solitarias son las noches aquí… Ayúdame, coge. Ponlo en el jarrón —le entregó un ramo de flores que anteriormente había dejado sobre un velador metálico.

—¿Y por qué no le dieron una…? —preguntaba mientras levantaba el jarrón del suelo.

—Están construyendo viviendas, faltan más para los nuevitos que lleguen aquí pero aún no las terminan… échales agua de esa botella —indicó.

Desde el otro lado de la cama, Aylin seguía con la mirada las tareas que sus anfitriones hacían en su nueva habitación.

—Además, el cacique quiere que tenga a la niña para examinarla —continuó.

—¿Examinarla?

—¡Ajá!, dice: Quiero estar seguro de que no sea condenado.

—Ella no es… —se quedó un instante mirando a Aylin.

—¿Te parece… está linda? —Idalia orgullosa acomodaba las almohadas sobre la cama recién tendida—. Aunque no lo creas, nunca falta la ropa acá.

Inadvertidamente, Matías afirmó con la cabeza mientras fijaba su atención en Aylin que lucía un bonito vestido blanco con chaqueta negra y botas del mismo color que le daban un cierto aire de frescor y elegancia.

—¡Joven!… ¡Joven!… Si van a salir no lleguen tarde al comedor para el almuerzo. Ofelia dijo que haría hoy cuy chactado —despertó a Matías de su letargo—. Vayan, conozcan un poco. Seguiré yo ordenando la habitación de la niña… y llévate esas *wawas*[11] de desayuno.

---

[11] Quechua: Es niño pequeño, infante o bebé. La palabra se utiliza para representar un pan o bizcocho en forma de niño.

Matías cogió la bolsita de biscochos que se encontraban sobre la mesita e inmediatamente asió el brazo de Aylin para guiarla hacía la salida.

Para cuando llegaron al jardín más próximo, Aylin ya se había devorado las dos *wawas*.

—Veo que tenías hambre… —exclamo Matías mirándole a los ojos— Bueno por mí no te preocupes ya me acostumbre a no desayunar —sonrió.

Se sentaron por unos minutos cerca a unos girasoles y desde ahí permanecieron en silencio, contemplando los coloridos vitrales de la capilla de adobe. A veces, posaban la mirada en el cielo con su mar de nubes viajeras. Otras veces, en las personas transitando alegres de un lado a otro.

A pesar de haber caminado el día anterior por horas, con la intención de conocer Wayrapampa, Matías no podía ubicarse con exactitud. Se habían perdido entre los muchos jardines, casitas y callecitas empedradas que serpenteaban entre sí. Se detuvieron cuando llegaron a una alta pileta sin agua que tenía como estructura tres cuencos de bronce que ascendían de mayor a menor tamaño. En cada cuenco había una escritura. En la más grande, que era la inferior, decía: Pachataski. En la segunda, la de mediano tamaño, decía: Yunka. Y en la superior, la más pequeña, decía: Wayrapampa.

Más allá, detrás de la pileta, divisaron a unos cien metros, cerca de un terreno baldío, un rudimentario escenario y sobre él un inmenso horno que se encontraba cubierto de hollín.

—¿Para qué servirá? —pensó en voz alta Matías.

—Ahí quiman a los aya —respondió una escondida voz.

De la parte posterior del horno de piedras, una chica apareció con una niña que se ocultaba tras su pollera bordada de flores.

—¿Te refieres a los condenados?

—¡Ajá! —afirmó moviendo la cabeza.

—¿Tú quién eres? —preguntó Matías.

—Soy Rosita y ella mi hermanita Dalia —respondió amablemente—. ¿Tú eres el di los ayas, no?... ¿Tus mascotas dicen qui son?

—No, son amigos —se extrañó de usar aquella palabra.

—Los aya no son amigos. Ellos comen gente.

—No, no... él no come gente... Y ella no es un condenado.

—¡Ay, wayra wañuy! ¡taripasqa ñakasqa! —se apartó la joven abrazando a su hermanita al descubrir la presencia de Aylin.

—¿Qué dices?

—Traes viento di muerte, a un aya malidito a estas tierras.

—Ella no es un condenado —respondió Matías frunciendo las cejas.

Aylin se acercó a ellos y Rosita por un breve momento examinó con detenimiento su cuerpo.

—¿Y el otro? —preguntó enseguida Rosita.

—Nos iremos en una semana, no tendrás que preocuparte. Se irá con nosotros.

—Los aya no son amigos —cuestionó malhumorada.

—Él sí.

—¿En qui puede ser amigo un aya?

—Me ayuda en muchas cosas… no te importa —Matías le dio la espalda y empezó a andar con Aylin.

—No creo en ayas qui no coman gente —recriminó en voz alta Rosita.

—¡Tú qué sabes!

—Se comieron a papá —sollozó con amargura.

—Lo lamento… —volteó Matías para mirarla compasivamente—. No quise ser grosero… Pero él no es así…

»¿Qué son esas palabras en los cuencos? —preguntó cambiando de tema.

—¿No sabes quichua?... —vociferó Rosita enjugándose los ojos— Weno sunsu, Wayrapampa es nombre di nuistra comunidad. Significa 'planicie', en onde corre mucho viento… fue una última criada di tres grandes comunidades en los Andes. Yunka ser la segunda comunidad. Tiene varias interpretaciones… podría decirse Tierra u Valle Semicálido. Y Pachataski es más antigüita y es Tierra Virgen… Tres comunidades están dando nombre a tres regionis grandes qui son recientes di un nuevo país, pero muchas gentes no crien eso aún.

—¿A qué te refieres? —interrogó confundido Matías.

—¡Ay, bien sunsu eres! No todos crien, pues. Solo dicen qui son comunidades numas, pero Dios si quere, pronto traerá sobrevivientes di las utras comunidades, para pelear contra los ayas. Condenados, como dices. Y recuperar nuistras tierras. Eso dice mi tío Alberto.

—¿Recuperar nuestras tierras?

—Así pues, ciertito como lo uyes —afirmó Rosita—. El cacique, jefe di esta comunidad, se está encargando. Dice mi tío: «Dos semanitas numas, dos semanitas empezarán limpiando los pueblos dil Este». Solo esperan la llegada di los ronderos de las comunidades… Van a matar a todos los ayas que se encuentren por ahí… Por eso salen di mañanitas a buscar sobrevivientes qui ayuden y armas.

Tras esas palabras, Rosita y su hermanita se habían ido dejando a Matías ensimismado. Él sabía que, del este, venía su amigo condenado y también Aylin. Despertó de su transe solo cuando sintió los brazos de su acompañante enredársele en el suyo para jalarlo suavemente con una sonrisa.

Así anduvieron. De vez en cuando, Matías preguntaba a quien se le cruzara, por el lugar de los criaderos de animales y, de vez en cuando, se detenía por Aylin que miraba extasiada a los niños jugar.

Después de algunas indicaciones, y de atravesar un huerto de hortalizas, llegaron a un corral de chanchos que les parecieron salvajes porque al pasar cerca gruñían y se golpeaban iracundos contra los cercos. De ese sitio escaparon corriendo hasta el enrejado de las aves, donde Matías pudo verse, en sus tiempos de prisionero, entre la suciedad de un gallinero.

—¿Habrá valido la pena? —respiró profundamente, luego atisbó a Aylin que se hallaba sorprendiéndose por un pavo real que desplegaba majestuosamente su colorida cola entre gallinas, patos y otras aves, que se entremezclaban como miembros de una misma familia.

»Vamos, tenemos que visitar a nuestro amigo —dio el aviso tocando el hombro de Aylin.

Caminaron por un establo y posteriormente por una caballeriza antes de llegar a la perrera. El lugar era oscuro y estaba construido con maderos viejos que, debido a la humedad producida por las lluvias, resaltaba su tan reconocido olor a podredumbre y abandono.

Al ingresar, los arduos ladridos de perros famélicos lanzándose contra sus rejas hacían insoportable el trayecto hacia la última jaula que era donde se encontraba su condenado amigo.

—¡Pobre, en qué estado te encuentras! —exclamó Matías, al llegar donde Sebastián. De inmediato, Aylin corrió llorando a abrazar las rejas que separaban la infranqueable morada de su amigo.

El condenado, casi invisible por la poca luz, se encontraba sentado como una materia inerte que tomó vida cuando escuchó los lastimeros gruñidos de Aylin.

Como si de un diálogo se tratara, la joven y el condenado se respondían a sus gruñidos. Fue entonces que Matías comprendió que Aylin ignoraba su condición humana y, de alguna manera, durante todos estos años, había logrado sobrevivir en un mundo que no era el suyo.

IV

Con la llegada de la tarde, la oscuridad se había acentuado con mayor intensidad en los dominios de la perrera. Aylin había dejado de llorar y, al igual que Matías, ahora asumía una postura silenciosa sentada desde el suelo donde sus pensamientos iban y venían envueltas por la imagen de Sebastián. De repente, un grito seguido de otro los perturbó. El bullicio fue creciendo hasta convertirse en una protesta.

—¡Aya! ¡Aya! ¡Aya!... —se escuchaba de algún lugar cercano.

—¡Aya! ¡Aya! ¡fuego!... —se repetían unos a otros.

Llevados por la curiosidad fueron a indagar, no sin antes despedirse de Sebastián.

Al llegar donde se producía el barullo, cientos de personas se encontraban frente al gran horno en el que habían estado merodeando hace unas horas. Tras ellos, los tres cuencos de la pileta, que anteriormente estaban vacíos, ahora ardían con las llamaradas constantes que el viento producía al insuflar los carbones. Matías y Aylin se colaron entre las personas hasta estar próximos al rudimentario escenario donde el cacique, acompañado por Fernando y dos ronderos que sujetaban a un condenado que yacía amarrado, empezó a hablar.

—Sabido es que en los viernes de quema se purifica a la *Pachamama*[12] incinerando el pecado que nos persigue hoy —con su apagada voz de anciano, el Cacique subió al escenario para dirigirse a la audiencia—. ¡*Kunan punchay wañuy aya*! —estiró los brazos mirando al cielo.

—Hoy es día en qui morirá el muerto, eso dice —explicó Rosita acercándose con su hermanita de la mano.

—¡*Wañuy aya*! ¡*Wañuy aya*!... —repetía la gente alzando sus puños.

---

[12] O Mamapacha, es una deidad totémica de los pueblos originarios de la región andina de Sudamérica. Considerada como la madre tierra (su representación). Es responsable de los cultivos y la multiplicación del ganado.

Del horno se desprendían fogonazos que elevaban humo blanco de sus fauces.

—¡Por favor, no me queméis! ¡No me queméis!... Yo no mato humanos… ¡Por favor!... —gruñía desesperado el condenado, pero nadie podía comprender lo que decía, excepto Aylin que se hallaba petrificada—. ¡Por favor! ¡Por favor! ¡No me queméis!... —rogaba en vano—. Tengo familia, yo solo estaba buscando a alguien… buscaba a un crío… nunca maté a nadie… —lloraba.

—A este aya —explicó Fernando— lo encontramos merodeando en las ruinas de los pueblos del este. Cuando nos vieron, nos atacaron hiriendo a Teodoro... Venía con un grupo que no pudimos capturar.

—¡*Wañuy aya*! ¡*Wañuy aya*!... —volvió a gritar la audiencia.

El condenado seguía suplicando ininteligiblemente.

—Nuestro deber es salvaguardar a nuestros habitantes y recuperar las tierras robadas por los ayas —agregó Fernando.

—Ya es hora —ordenó el cacique señalando con la punta de su bastón las puertas del horno.

El condenado rugía desesperado mientras era llevado forzosamente hacia aquellas fauces del fuego.

—¡Tengo hijos! ¡tengo familia!... Yo… yo solo buscaba al crío —gemía en su lenguaje infructífero intentando escapar de sus opresores.

—¿A quién buscabas? —tiritando, gruñó repentinamente Aylin ante la mirada sorprendida de la audiencia.

—¡Por favor, diles que me suelten! —rogó el condenado a la joven.

—No sé hablar su idioma ni tampoco entiendo lo que dicen —repuso entristecida Aylin.

El cacique, Fernando, los dos ronderos que sujetaban las ataduras del condenado y la audiencia entera quedaron en silencio, atónitos por lo que presenciaban. Era una conversación, no existían dudas.

—¡Por favor diles! ¡Diles que me suelten! Tengo familia… tengo hijos… ¡Que no me quemen! —imploró.

—Lo siento. No sé cómo ayudarte. Ojalá pudiera —Aylin se lamentó envuelta por el mismo temblor que la agobiaba.

—Yo solo acompañaba… nunca los ataqué… estaba buscando al crío… solo eso hacía.

—¿A quién?

—A un tal Sebastián, su padre es mi amigo… ellos le dispararon al humano… no fui yo.

—¡Continúa! —interrumpió el cacique, ordenando a los dos ronderos que sostenían al condenado.

—¡*Wañuy aya*! ¡*Wañuy aya*!... —volvió el griterío y la audiencia elevaba sus puños con mayor vigor.

El condenado fue empujado a las fauces del horno y de inmediato cerraron las puertas hechas por rejas metálicas.

—Aquí se quema el pecado. Aquí le devolvemos al *Uku Pacha*[13] sus ayas —el cacique hablaba con voz más fuerte que antes, atisbando a Aylin que no dejaba de verlo con espanto—. Fue la codicia de nuestros amos, los que vinieron a conquistarnos y con fuerza pisotearon nuestros dioses… —su voz era menos ahogada de lo habitual—, y nosotros lo permitimos. No solo atentaron nuestro honor, nos llenaron de vergüenza. Por eso la Pachamama hoy no nos quiere y nos castiga.

Los gritos del condenado se iban apagando paulatinamente a medida que el cuerpo se convertía en

---

[13] Mundo de abajo, mundo subyacente, inframundo o de los muertos. Es la raíz unida subterráneamente al seno profundo de la tierra. Simboliza el arraigo y la gregariedad. nada puede existir sobre la tierra si no está arraigada a ella. Está representado por la víbora el Katari Amaru.

cenizas y que, de la boca del horno, escapaba una blanca humareda en dirección al cielo.

—¡*Wañuy aya*! ¡*Wañuy aya*!... —seguía gritando el gentío.

—¡*Wañuy aya*! ¡*Wañuy aya*! —repetía en voz muy baja Matías.

CAPÍTULO 8

I

Tres días habían pasado desde que llegaron a Wayrapanpa. Tres días suficientes para que Matías y Aylin recuperaran algo de peso y color. Ahora tenían el semblante más vivo y en las mejillas se les empezaba a copiar el rosáceo color típico de las personas de la región.

—Creo que te gustó la *sopa verde*[14] —dijo al notar los ojos de Aylin fijos en el fondo del tazón vacío.

—Espera, le pediré más a Ofelia —cogió el depósito y se levantó de la mesa para ir a la cocina.

Aylin se puso contenta al comprender que su amigo volvería con más sopa.

—¡*Aya churi*[15]! —apareció Rosita con su hermanita—. ¡*Aya churi*! —repitió y jaló un mechón de cabello de Aylin, que había estado esperando distraída con los demás

---

[14] O Yacu Chupe, tiene sus orígenes en el imperio incaico, más específicamente en el departamento de Cajamarca (Perú). Es una sopa compuesta de papa hervida en caldo de huesos, acompañada con abundante queso y hierbas aromáticas.
[15] Quechua: Adj. Amarillento.

comensales del comedor—. Tú no debieras estar —golpeó el vaso de chicha derramando su contenido en la mesa y en el vestido de Aylin—. ¡Fuira, *aya churi*! —respingó y se marchó perseguida por la pequeña Dalia que intentaba asirse de su pollera.

—¿Qué pasó?... —Matías había llegado con un plato de sopa humeante que puso en la mesa— ¡Qué descuido!... Bueno, no te preocupes yo lo limpio. No tienes de qué asustarte —pero la joven aún seguía nerviosa.

»Cómo me gustaría que hablaras —decía mientras cogía unas servilletas para secar la mesa— ¿Acaso tienes un nombre?... Ni siquiera sé si entiendes lo que digo... ¡Oh, no!... Manchaste tu vestido —Aylin, avergonzada, intentó cubrir la parte sucia con sus manos cuando Matías descubrió el desastre.

»No te preocupes, termina y vamos donde Idalia seguro que tiene más ropa. Ella dice que acá nunca falta —acercó el tazón menos humeante donde su amiga—. Come bien, ayer nos saltamos el almuerzo y comer mucho en la noche tampoco cae bien.

Terminada la cena llegaron a la posta médica de Idalia. Ahí se escucharon agudos quejidos desde la habitación contigua a la de Aylin.

—Mis niños, un mocosito rompió su pierna jugando... estoy ocupada.

—Idalia, solo queremos algo de ropa —rogó Matías señalando con los ojos a su amiga.

—Toma. Con esta llave abre ahí, pero no olvides dejarlas en un cajón del escritorio —puso un gesto amable y se volteó— Ya váyanse, váyanse que tengo que hacer —sacudió su mano en el aire.

—¡¡Nooo...!! —quejidos y lloriqueos más fuertes se escucharon cuando Idalia entró a la habitación.

—Mi ropa está buena, sino la cambiaría —dijo Matías observando los anaqueles del despacho en el que acababan de entrar. Los anaqueles estaban llenos de cajas en las que se escribían con tinta negra: tallas, tipo de prenda y género—. Creo que esta caja te servirá. —Aylin la recibió y de inmediato examinó su contenido.

—¡Tengo una idea!... Nuestro amigo necesitará ropa para cuando nos marchemos de aquí —de una de las cajas sacó un bolso tejido y lo llenó con ropa de hombre—. Algo de esto le quedará —echó un vistazo a Aylin que pretendía desnudarse—. ¡Espera! ¡espera! —se abochornó—. Con gusto te vería, pero no está bien. Saldré a la salita —indicó con el pulgar y se marchó.

Matías se encontraba colocando las llaves en la gaveta, cuando abruptamente entró un joven del cual llamaba la atención su aplastado sombrero de paja, su pantalón pescador azulino y sus ojotas de caucho.

—¿Dónde está mi hermanito? —le preguntó a Matías, pero rápidamente lo ignoró para entrar en la habitación de donde provenía el llanto.

Luego de unos minutos, Aylin salió del despacho. Tenía un bonito vestido de color gris con pliegues ondeantes y grandes bolsillos decorados de ribetes negros. Su chaqueta negra cerrada hasta el cuello combinaba perfectamente con sus botas de cuero que terminaban casi al ras del dobladillo ladeado del vestido. Se había hecho en el cabello una cola. Y en una de sus muñecas le colgaba un denario de hilo fucsia. El viento fresco que entró por una de las pequeñas ventanitas iluminadas por el sol sopló unas pocas hojas secas que invadían el cubículo haciendo que estas flotasen alrededor de Aylin, que sumado al silbido de algún ave aledaña y al callar del llanto del niño, para los ojos de Matías, parecía una escena detenida en el tiempo.

—Se te ve muy bien —dijo atontado.

Aylin cogió los lados de su falda y sonriendo giró de un salto.

—Si me entendieras no te diría que estás hermosa, me avergonzaría —se sonrojó.

—Déjalo descansar —Idalia cruzó el umbral de la puerta dándole empujoncitos suaves al joven para que saliera.

—Por favor déjame estar un momento más —rogó.

—No, Yobani, ve, sigue trabajando. Veras que Luisito se pondrá bien.

—¿Cuánto tiempo estará así?

—Un mes, jovencito, un mes pa' que este fuertecito y verás. Y se le quite el yeso —sentenció Idalia—. Ahora déjalo dormir.

Yobani, el joven con apariencia de unos cuantos años mayor que Matías, se dejó caer en uno de los bancos frotándose la cara con frustración, mientras Idalia acomodaba las medicinas en un armario de vidrio.

—Ya vete, Yobani, tu hermano no se va a mover. Está dormido —increpó Idalia continuando con lo que hacía.

—¡Maldito trabajo! —masculló antes de salir mal humorado tirando la puerta.

—¡Lo que hay que aguantar! ¡Ay, lo que hay que aguantar! —suspiró Idalia ante los ojos de sus otros dos visitantes.

$$II$$

Para Matías, aquella tarde no se parecía a las que ya se había habituado. El sol iluminaba opaco en un cielo severamente gris, causando un efecto occiso en los árboles que ensombrecían el sendero de arcilla que cruzaba los criaderos de animales.

—Quiero decirle al cacique que dentro de dos días nos marcharemos —habló Matías mientras iban camino a la perrera—. Sé que te preocupas por nuestro amigo y a mí me encantaría irme lo más pronto para que él esté bien, pero necesito un día al menos para prepararnos para el viaje... He pensado que ustedes podrían volver de dónde vienen y yo seguir mi camino a la costa... Pero ¿cómo? ¿Cómo hacer para que no estén en peligro? —tragó saliva y se fijó en los árboles que frondosos transgredían sus límites adentrándose en el camino—. Dentro de poco, empezará una invasión a las tierras del este. Será una guerra entre humanos y condenados. Puede que ustedes corran riesgo.

Como si cada uno respetase el pensamiento del otro, caminaron un largo tramo en silencio.

—¡Pero no! ¡No puedes volver! —Matías se detuvo y tocó con sus manos las mejillas de Aylin que rápidamente se calentaron—. Tú no eres un condenado… al menos ya no lo pareces… Se darán cuenta que eres humana y te comerán —se horrorizó.

Sin entendimiento, Aylin permanecía quieta, en silencio, intentando, como siempre, comprender el significado de esas palabras. De repente, unos gruñidos desesperados provenientes de la perrera se hicieron escuchar. Los gruñidos, cada vez más intensos, se mezclaban con los furiosos ladridos de los perros famélicos.

—¿Qué fue eso?

Seguido por Aylin, Matías corrió velozmente hacía aquella dirección.

—¿Qué estás haciendo? —increpó Matías cuando vio a Rocco sacando atado y a rastras a Sebastián de la perrera.

—¡Idiota! Encontramos comprador —respondió toscamente.

—No pueden llevárselo, no les pertenece —protestó Matías a Edric.

—Bueno, chico, nos pagaron, eso importa —respondió Edric montado en su caballo negro.

—¡Suéltenlo!… ¡Suéltenlo!… —estaba reclamando cuando Aylin, presa del impulso, se había lanzado sobre Rocco. Gruñéndole jalaba su brazo intentando que soltase a Sebastián.

—¿Qué haces, maldita condenada? —rio Rocco burlonamente. Luego, un grito le raspó la garganta al momento de ser mordido por su atacante.

—¡Hija de puta! —gritó adolorido, y lleno de ira soltó la cuerda que amarraba a Sebastián para empujar a Aylin que, perdiendo el equilibrio, cayó al suelo impactando su cabeza con una piedra— ¡Maldita prostituta! ¡Te voy a matar! —caminaba hacia el cuerpo desmayado de Aylin, cuando un puñete en su mentón detuvo su trayecto.

—¡Hijo de puta! —rugió con mayor coraje, devolviendo al instante la afrenta con una patada al estómago de Matías.

—¡Cálmate, Rocco! —replicó Edric tranquilamente—. Ella no es un maldito condenado. No te preocupes por esa mordida.

—¡A ti no te mordió, pues! —continuó rabioso dirigiéndose a Matías que se hallaba en el suelo, gimoteando por el dolor.

En ese momento, un nuevo grito. Esta vez uno desgarrador lo detuvo. De alguna manera, Sebastián logró soltarse de sus ataduras para sigilosamente morder a Rocco en el mismo brazo donde Aylin lo había hecho.

—¡Maldito!... ¡Maldito!... —maldijo varias veces sacudiéndose de un lado a otro hasta estar libre de Sebastián.

Del brazo de Rocco colgaba un rojizo trozo de piel en carne viva que sangraba a borbotones.

Alejado a unos metros y con la boca llena del fluido sanguinolento, Sebastián gruñó ferozmente como nunca se le había oído. El sonido que salía de su boca era como un rechinar de huesos forzados a quebrarse. Y su rostro, antes pálido y lizo como el de una persona recién muerta, había sucumbido al destello de las mismas venas rojizas que ligeramente ensombrecían todo su cuerpo. Sus ojos azulados ya no eran de ese color, ahora poseían el color del fuego o de algún tono ardiente similar a la ira y el vacío. Sebastián ahora era lúgubre, infernal, como la noche que acababa de caer oscureciéndolo todo.

Desde el otro lado, Matías, tembloroso, se levantaba del suelo para ver con espanto el cuerpo espasmódico de Sebastián, contraerse a una posición casi felina. Lista para el ataque.

—¡Maldito hijo de puta! —gritó Rocco intentando envalentonarse a pesar de que le temblaban las extremidades.

Luego sonó un disparo, seguido por otro, otro y otro. Sebastián cayó fulminado por un balazo en el corazón y luego por tres balazos más en el pecho.

—¡Basta estúpido! ¡Lo estás matando! —intervino Edric que, con un movimiento veloz, saltó de su caballo para quitarle el revólver a Rocco.

—Devuélvemelo, voy a matar al maldito… desgraciado —se quejó cubriéndose con la otra mano la herida que sangraba tozudamente.

—Cierto es que para matar a un maldito condenado basta con dispararle en la cabeza, pero no seas estúpido —vociferó malhumorado Edric—. De nada nos sirve uno lisiado o muerto. Imbécil.

—No lo viste… él… él cambió —respondió trémulo.

—Lo vi, y esto me interesa más —dijo a secas.

Cuando Fernando, escoltado por dos ronderos, llegó con su caballo a todo galope, Matías estaba abrazando el desfallecido cuerpo de Aylin.

—Escuchamos disparos —dijo uno de los ronderos al grupo maltrecho que se encontraba ahí.

—¿Qué sucedió aquí? —inquirió Fernando colocándose a la cabeza de su grupo.

Todos callaron.

—Lleven a la joven a la Enfermería —ordenó e inmediatamente el rondero que había hablado anteriormente bajó de su caballo. Ayudado por Matías subió a Aylin a la montura, luego se despidió y desapareció en la oscuridad—. ¿Quién es el responsable de esto? —preguntó deteniendo su mirada en Sebastián que, estando inconsciente, desangrándose, había recuperado su apariencia normal—. Nada sucede aquí sin conocimiento del cacique —continuó clavando sus ojos de sobriedad en los de Edric y Rocco—. ¡Nada de nada!... —hizo una pausa al evitar que su caballo colorado diera un giro—. Una semana dijo el cacique… Ya lo saben. Quedan cuatro días para que el chico se marche. Si no lo hace o desea quedarse —señaló a Sebastián—, dijo que el *aya* morirá en el horno, por tanto, no debe morir antes de ningún modo… Tú, ve donde Idalia a que te cure el brazo —continuó dirigiéndose a Rocco— ¿O prefieres que te lo corte ahora mismo? —levantó su poncho mostrando el brillante machete que le colgaba en el cinturón— ¿Y quién se encargará de esto? —detuvo su mirada nuevamente en Sebastián.

—Lo haré yo —respondió Matías limpiando la tierra de su cara.

—Muy bien, quiero que lo encierres donde es… Y ustedes dos —se dirigió otra vez a Edric y Rocco— no los quiero por acá, a no ser que quieran que el cacique los convierta en *ayas* también… en esos de los bien muertitos… —hizo un sonido de molestia y al instante estiro la gigante palma de su mano morena— Denme la llave de la jaula… —Edric se la entrego de mala gana— Y tú —lanzó la llave a Matías—, cuando termines, quiero verte en la Intendencia.

Dicho eso, se marchó seguido por el otro rondero que acompañaba de cerca a Rocco y a Edric, quienes iban a la Enfermería.

III

La luna que fulguraba tenue, hepática, colando su amarillenta luz en los maderos podridos de la perrera, ayudaba a que la oscuridad del recinto no fuese tan intensa.

—Acá estarás bien —Matías recostó sobre un cúmulo de paja el cuerpo lastimado y casi inconsciente de Sebastián—. Ojalá pudiera hacer algo para ayudarte —dijo apenado.

Del morral tejido en el que había guardado ropa aquella tarde, sacó dos polos. Uno de ellos lo usó como trapo para limpiar las heridas de Sebastián.

—Esta ropa está asquerosa. Ya no te servirá —dijo quitándole el camisón para dejar desnudo el torso herido que empezó luego a lavar con el agua de una cubeta de lata que en la jaula servía de bebedero—. Sé que los condenados sangran como nosotros, pero… pero tú no. Parece que se hubiera secado… y no te sangra ninguna de tus heridas —masculló sorprendido examinando los agujeros de bala que parecían cicatrizar rápidamente.

Estando el torso limpio, acomodó el cuerpo de Sebastián en la parte más iluminada. Luego, rompió el segundo polo en la proporción adecuada para ser usado como venda.

—¿Qué te sucedió? —continuó mientras envolvía su torso—. Nunca te había visto así… Nunca he visto a un condenado así —se corrigió.

Calló al descubrir que a pesar de la bala que atravesó su corazón, este seguía latiendo, aunque a un ritmo muy lento.

—No está bien que estés aquí. Los humanos y los condenados jamás se comprenderán. —Sebastián, un poco más consciente, empezó a emitir lastimeros y leves gruñidos—. Debemos irnos pronto. —Sebastián intentó levantarse, pero no pudo—. Vas a necesitar descansar… me parece que tenemos cuatro días, pero creo que dos están bien para irnos. No quiero que corramos riesgos —respiró profundo.

Al ir por su morral, descubrió entre las sombras de un rincón, residuos de huesos que asemejaban a un brazo y un costillar humano, aún con jirones de carnes amarillentas podridas entre sus cavidades. Los huesos mantenían el desgarramiento forzado de mordeduras.

—¿Qué es esto? —sintió repulsión y pánico, por lo cual salió rápidamente de la jaula luego de tirar a un lado de Sebastián unas cuantas prendas para que se vistiera. Aseguró con llave y, entre las rejas, observó los azulados ojos marchitos de su amigo cubrirse por las sombras mientras los famélicos perros empezaban a ladrar.

IV

—…Muchacho —sonrió el cacique hablando con su ahogada voz—. Te llamé a la intendencia no por reclamarte lo que pasó. Voy por otro lado. Pero antes conócete mejor a Fernando. —Matías volteó para dar la mano al hombre que hace una hora los había salvado. Era alto, moreno.

Tenía las cejas pobladas y la nariz aguileña muy ancha. Por sus duros gestos faciales, cualquiera diría que era alguien serio o poco comunicativo—. Este otro se llama Alberto —repitió el saludo, esta vez a un hombre que, a pesar de tener rasgos andinos similares al anterior, era pequeño, algo subido de peso y a simple vista menos fornido—. Él es Ernesto —terminó saludando a un hombre delgado de ojos asiáticos. Su piel era beige y su cabello negro apenas se dejaba ver por el colorido chullo que lo cubría hasta la frente—. Ellos… mis jefes ronderos —tosió para despejar su voz y continuó— están encargados de la comunidad… velan por ella. Fernando también es mano derecha mía.

Desde el umbral de la puerta, el Cacique caminó lento apoyado de su bastón hacia la mesa de tronco que se encontraba en medio del salón.

—Si te llamó, es para que ayudes —añadió Fernando que, parado a un lado de la entrada, daba la impresión de un árbol con sus dos ramas laterales asiéndose de sus extremos como manos sobre la pelvis.

—¿De qué manera, señor? —preguntó Matías volteando hacia el Cacique.

—Tienes un don muchacho, los *ayas* te siguen —respondió con una risueña seriedad. Luego apoyó la palma de una de sus manos sobre el mapa que se encontraba tendido en el centro de la mesa, al lado de una jarra de *chicha de jora*[16] y unos *potos*[17] con pictografías andinas —¿Sabes para qué es esto?

Matías negó con la cabeza distrayéndose un poco con las figuras esculpidas de madera que se encontraban dispersos sobre el mapa.

—Es nuestra región —el anciano movió varias de esas figuras de guerreros Incas desde un cuadrado trazado con tinta azul en el mapa hacia los diferentes círculos de tinta roja que se distribuían a todo el este—. Esto es lo que debemos liberar… Padres de nuestros padres vivían allí y antes, sus padres y abuelos.

Matías, al acercarse a la mesa, pudo reconocer en uno de esos círculos rojos el lugar donde había conocido a sus amigos.

—Nunca hemos estado más preparados —dijo Fernando caminando hacia la mesa—. Tendremos refuerzos de otras comunidades que llegarán pronto, en

---

[16] Bebida oriunda del Perú difundida en la mayoría del territorio a excepción de la selva. Actualmente encontrada también en Bolivia y Ecuador. Se elabora en base a maíz fermentado. Su origen se establece desde la época preincaica siendo una bebida sagrada utilizada en actos ceremoniales y fiestas patronales de la zona central andina.
[17] Vasija pequeña para líquidos fabricada de calabaza para beber chicha de jora. Se usa en algunas zonas del Perú.

unos días. Esperamos organizarnos y en una semana empezar la purga.

Estaba por preguntar qué sucedería con todos los condenados que vivían en aquella zona, pero entendió que sería una lucha de exterminio así que reformuló su pregunta.

—¿Cómo puedo ayudar?

—La muchacha, ella conoce el idioma de los *ayas*— respondió el cacique.

—Pero, señor. Ella no sabe nuestra lengua… Piensa que no es humana —se inquietó.

—Deberás ensiñarle, pue —se acercó Alberto de forma demandante—, es importantísimo.

—Así mismo, muchachito —continuó el cacique— importante es que pueda decirnos lo que dicen los *ayas*.

—Una guerra no se gana con armas solamente, necesitamos información —dijo Fernando.

—Nosotros nos marcharemos en unos días, señor— contestó Matías después de pensar unos segundos—. No creo poder enseñarle en tan poco tiempo.

—Quédate, ya no deberás irte —el cacique sonrió entrecerrando sus ojos hasta formar dos líneas entre arrugas—. La muchacha también —se cubrió la boca al toser y continuó—. Estarán protegidos. Tendrán lo que necesiten… Y el *aya* —hizo una pausa. Volvió a toser—. Tu *aya* no morirá. Pero estará en la perrera y tú alimentarás eso.

—¿Pero…? Señor… busco a un familiar —Matías se hallaba consternado.

—¡Ay, muchachos de ahora!… —el cacique se rascó la frente— Ayúdanos con la muchachita y mandaré a buscarlo después de esto —puso un gesto amable.

—Pero… Edric, Rocco, dijeron que venderían a mi… —no sabía que palabra emplear.

—¿Te refieres a tu *aya*? —a la pregunta de Fernando, Matías afirmó moviendo la cabeza— No lo harán. Esos idiotas. Los encerraré después de una paliza si los veo cerca.

Ernesto, que todo el tiempo había estado apoyado en un baúl escuchando con una hebra de paja en la boca, rodeó la mesa hasta encontrarse frente a los demás y dirigiéndose a Matías preguntó.

—A esto, chico: ¿Vas ayudar o no?

Los ojos de Matías se posaron en el mapa, y sobre él empezaron un recorrido, primero en una pendiente distante a Wayrapampa, luego por las aguas de un río aledaño y después por el desierto, en el que hace poco había conocido con sus amigos la inclemencia del cambio de temperatura según las horas del día. Sus ojos continuaron el trayecto del río que atravesaba un conjunto de pueblos abandonados, entre ellos, aquel que, en la primera noche de viaje, les había servido de refugio en una casita en ruinas. Cuando por fin sus ojos salieron de las aguas del río, siguieron una de las bifurcadas flechas dibujadas con tinta negra que subía por una bonita ladera. Desde la cima de aquella ladera, Matías se imaginaba parado ahí, sintiendo el sol de la tarde tostándole la piel mientras a su nariz asomaba el aroma de las hierbas y frutos que frente a él crecían. Lo imaginó por un instante y luego sus ojos se vieron al otro lado del lago que en el mapa se dibujaba. En esa sección del mapa había un pueblo. Era el pueblo donde se había perdido el día que conoció a Sebastián. Era el pueblo que él consideraba una comunidad de humanoides carniceros. La misma que en el mapa se hallaba circunscrita en tinta roja como si fuese un trazo de sangre en el cual un gigantesco monumento de madera con la forma de guerrero inca se posaba aplastándola a su entereza.

—¡Ey! ¿Lo harás? —la enorme mano de Fernando envolvió pesadamente el hombro y parte del omoplato de

Matías haciendo que este dejara de ver el mapa para fijarse en él—. Contamos con ello —añadió.

Bastó con el movimiento afirmativo de la cabeza de Matías para que todos se pusieran contentos. Después, agregó que no estaba interesado en ser partícipe de ninguna guerra y que no quería matar condenados ya que nunca lo había hecho.

—Lo harás, chico. Todos lo hacen tarde o temprano —comentó Ernesto masticando suavemente su paja.

—Yo he matado tantísimos qui ni recuerdo —dijo Alberto.

—¿Por qué no solo nos quedamos acá? —inquirió Matías.

Un breve silencio, sutil como el resplandor de la luna penetrando por la mampara de la Intendencia, cayó en parte del salón posándose solemnemente entre los jefes ronderos como a espera que alguien más prudente y conocedor que ellos, diera explicación a la ignorancia de un aprendiz.

—Las gentes hablan —señaló el cacique, cubriendo su boca con el puño, dio un raspado tosido para aclarar la voz y continuó—, dicen que fue *Viracocha Pachayachachi*[18] que

---

[18] Señor Supremo del fuego, la tierra y el agua. Maestro de este

cayendo por trasgresiones del hombre y por el olvido de este, no midió su fuerza y refunfuñando golpió su vara poderosa en la tierra y la rajó. De allí, del Uku Pacha, salió negro el Katari Amaru pal Hanan Pacha y del, de su hueco, salió los *ayas* para vengarlo.

—Uku Pacha es el mundo de abajo o de los muertos —agregó rápidamente Fernando al ver la cara confundida de Matías—. El Katari Amaru es su guardián, la serpiente alada con cabeza de llama y cola de pez que comunica al Hanan Pacha: el mundo de dioses o Viracocha.

—Katari Amaru subió entonces pa' reclamar a Viracocha —prosiguió el cacique— y de la cólera le cayeron de las escamas bestias y espíritus mágicos que aún viven en nuestros días en el *Kay Pacha*[19]… Otros dicen que fuese solo el Katari Amaru, que molesto con las gentes por no dar tributos a sus aguas les quitó el tótem de sabiduría y desde allí algunos se volvieron *ayas* y nos quieren matar al otro —respiró profundo, apretó la cabeza de su bastón y con el índice señaló el recuadro de tinta azul en el mapa—. Esto debemos proteger sea como sea, divinidad o no, es nuestras gentes lo que nos hace seguir humanos. Somo

---

Mundo. Dios creador. Dios de los báculos o de las varas. Es una divinidad del cielo que aborda el concepto andino.
[19] Según la cosmovisión andina: El mundo presente, terrenal de los vivos.

nosotros únicos recuerdos de lo que tenemos y nuestra cultura que queda.

—No fuimos los que invadimos —dijo Ernesto—, fuiron ellos quenes nos quitaron tierras y mataron gente.

—Desde hace un año, han empezado grupos de *ayas* a invadir el resto de la sierra y costa que nos queda —continuó Fernando—, parece que vienen del sur… Aún así, nos están dejando sin territorios para vivir y están matando más personas. No podemos quedarnos con los brazos cruzados. ¿Entiendes?

Matías afirmó nuevamente en tanto cavilaba la solución a una acción menos violenta.

—Muchacho —sonrió el cacique aplastando sus arrugados ojos—, eso necesitamos de ti… Cuando estén listos ya, podrán ir al colegio. Tenemos unito pequeño, pero tampoco hay muchos niños o jovencitos.

Hizo un breve silencio al darse cuenta de que la noche se encontraba en toda su magnitud. Luego, con la voz un poco más apagada que antes, dijo a manera de despedida.

—Para ser diferentes a los *ayas* es el saber lo que queda. Ahora ve. Cena ya. Es tarde. No te vayas a quedar sin merienda.

Después de un gesto del cacique, Ernesto abrió la puerta de la Intendencia dejando salir a Matías.

—¡Chico! —gritó Ernesto antes de que Matías se perdiera entre las ennegrecidas sombras de los árboles—. ¡¿Tuviste algo que vir con el médico del pozo?!

—¿Médico del pozo? —preguntó confundido apenas visible a la distancia—. ¿Qué médico? ¡No entiendo! —respondió también gritando.

—¡Olvídalo! —Ernesto cerró la puerta.

Al salir de la Intendencia se dirigió al comedor comunal ubicado a espaldas de la posta médica. Mientras andaba recordó el estado de Aylin y Sebastián. Preocupado por ellos, caviló nuevamente la idea de escapar, «¿Pero qué opciones tendríamos? ¿Estaríamos más seguros? ¿A dónde iríamos?». Sentía demasiada hambre como para procesar todo lo que había oído o para pensar con claridad. «Mi tío Hilario siempre creía que las ideas se formulan mejor con el estómago lleno». Procuró olvidarse de todo hasta después de haber comido.

El comedor se hallaba vacío, las luces apagadas y su estómago rugía hambriento. De no haber sido por la tenue iluminación de los candelabros de la cocina, donde Ofelia, como de costumbre se encontraba laboriosa por dejar los enseres limpios para el día siguiente, no hubiera probado bocado alguno.

—Haz de tener hambrita, waynito —le dijo Ofelia y enseguida sacó de una olla de barro dos humitas.

—Estas sun pa la wawa y pati —las entregó bien envueltas en unas hojas de bijao.

Antes de que Matías guardase una de las humitas en su bolso tejido, para llevársela a Aylin, se comió la suya, tomó un vaso de chicha de jora, cogió dos panes rancios y se despidió de Ofelia para salir a toda velocidad hacia la posta médica.

V

—¡Ay, jovencito! —exclamó Idalia desde la puerta de la Enfermería—. Ya es muy tarde para visitas, ¿no?... —Matías se dio cuenta del pijama de hospital y la bufanda que tenía.

»Mejor vente mañana que ya empezó a garuar segurito ahurita llueve fuirte —añadió.

Matías desde el sendero empedrado de la entrada rogó que lo dejase ver a Aylin.

—Pasa, pasa. Ya no te mojes. Te me vas enfermar —antes le indicó que se limpiara en el felpudo para no ensuciar el piso que había lustrado esa tarde.

—Allí está, dormidita —dijo cuando abrió la puerta de la habitación de Aylin—. Una herida nomás, no es grave.

Matías, caminando a un lado de la cama, observaba el parche de gasa y esparadrapo que cubrían la parte lateral de la cabeza de su amiga.

—¿Estará bien? —Matías dejó sobre el velador la humita que le había traído.

—Está sedada, jovencito. Duerme tranquilita ahora… Ya vete mejor y vente mañana que ya tengo sueño —exhortó Idalia.

—¿Puedo quedarme acá? —Matías se sentó en la sillita que estaba cerca al velador.

—¡Ay, jovencito! Weno, pero tápate con esa colchita y déjame dormir —Idalia, cerró la puerta, apagó las velas y se retiró.

CAPÍTULO 9

I

Hojas secas impulsadas por el viento de la mañana entraban a la salita de la Enfermería desde la pequeña ventanita entreabierta. Idalia las barría hacia la calle y mientras lo hacía, los residentes que pasaban por ahí la saludaban amablemente. Ella les respondía por sus nombres y continuaba su faena tarareando un antiguo *huayno ayacuchano*[20].

Una vez concluida su rutina matutina, preparó dos tazas de café. Una para ella y otra que llevó a Matías. Al entrar a la habitación, lo encontró en la misma silla donde se había quedado dormido la noche anterior y, desde la cama, era contemplado por Aylin que no parecía inmutarse ante la presencia de Idalia que acababa de entrar.

—¡Ay, mi niña! Este jovencito se quedó acompañándote todita la noche —dijo Idalia en voz baja dejando la taza de café de Matías en el velador—. A ti te preparé otro desayuno, pero antes voy a verte —en ese instante levantó la gasa de su cabeza y revisó la herida—. Habrá que limpiarte nuevamente y curadita estarás en unos días.

---

[20] Música folclórica y andina del Perú.

Idalia tomó del estante un frasco de agua oxigenada y limpió la herida, antes de aplicarle un extraño ungüento que sacó de una pequeña latita. Después, cubrió la herida con gasa nueva adhiriéndola con esparadrapo.

—Con esto estarás bien. Aunque bien feíta se te quedó la herida. Tuve que coserte.

Aylin solo la miraba con los ojos bien abiertos, como si ellos estuviesen llenos de entendimiento.

—Weno, mi niña, fiebre no tienes —Idalia palpaba la frente de la joven—. No, no tienes... Ahora me tengo que ir. Preparo tu desayuno y vuelvo —cerró la puerta.

—¿Estás bien?... —Aylin se hallaba en su misma posición contemplativa cuando fue abrazada fugazmente por Matías, quien había despertado poco tiempo después de que se fuera Idalia—. No sabes lo preocupado que estaba. No quería que te pasara nada... Eres muy... importante... Lo siento, lo siento... —se afligió Matías sentándose a su costado y cogiéndola de la mano acercó su rostro al de ella sin percatarse del rubor que acababa de encender en las mejillas de Aylin—. No te preocupes. Todo estará bien... Vamos a irnos... Escaparemos juntos —continuó Matías—. Aunque todo sería más fácil si me entendieras.

En ese momento, Aylin, cubrió su rostro con sus manos y empezó a llorar.

—¡Ey! Tranquila... —la abrazó nuevamente mientras temblaba— Él está bien.

Después de ser consolada por su amigo e Idalia, y de haber desayunado, Matías pasó la mañana a su lado hablándole y leyéndole.

—Ya se enfrío… —sorbió un poco más de café y volvió a colocar la taza donde estaba—. Este libro lo tenía Idalia en su gaveta. Dice que hay más en la biblioteca. No sabía que había una. Mañana buscaré otros, que te puedan gustar también… Parece que te encanta que te lean, ¿no? —Aylin respondió con una sutil sonrisa— No entiendo cómo pueden tener este tipo de libros en la biblioteca. ¿Es un poco irónico no lo crees?... *¿Sobre Condenados y otros cuentos*[21]? …me parece que no debería leerte eso —cerró el libro y lo colocó sobre el velador—. Aunque más cuento me pareció lo que me dijo el cacique ayer… —se acordó de la voz del cacique narrando la leyenda del origen de los

---

[21] *"Sobre Condenados y otros cuentos"*, es el nombre utilizado en esta novela para hacer referencia al libro *"Cuentos clásicos de zombis"* (verdadero nombre) ya que se presta más al contexto de la historia. Este libro fue escrito por el autor de esta novela junto a la autora Zeta Romero.

condenados— Me pregunto por qué Idalia estaría leyendo un libro como este —se acomodó en su silla de manera pensativa— …Creo que ya debes estar harta de que te hable, si continúo te arderán las orejas —. Para sorpresa de Matías, Aylin sonrió como entendiendo la broma—. ¿Acaso me entiendes? —preguntó sorprendido.

Aylin se puso seria y desvió la mirada al recordar algo.

—De todos modos, no tengo tiempo de saberlo. Ya no puedo estar aquí, es cerca del mediodía y tengo que buscar a nuestro amigo para alimentarlo. Aunque de no hacerlo, sé que no morirá de hambre o al menos tardaría mucho en hacerlo, creo —su semblante se tornó sombrío por unos segundos antes de pensar en voz alta—. Algo le pasó. No lo entiendo. De repente fue distinto. No como un condenado de los que conozco, ni de esos que se dicen que existieron alguna vez. Era diferente. Algo que nunca había visto.

Los ojos de Aylin se fijaron en las palabras de Matías y se quedaron largo tiempo sobre ellas luego de que él se despidiera y saliera a toda prisa.

II

Satisfecho del almuerzo, Matías salió raudo del comedor al lugar donde Fernando le había dicho que debía recoger la carne que estaba destinada para la alimentación de Sebastián.

El lugar era un amplio matadero construido de adobe. Su alto techo de esteras estaba sostenido por vigas y muros. Tenía un gran corredor, muy ancho, donde cuerpos de reces desolladas colgaban de ganchos que eran movidos por rieles hechos con cadenas. En el piso de cemento pulido, un sistema similar al de los canales pluviales discurría agua que empujaba la sangre que caía de los ganados muertos hasta desembocarla hacia un vertedero.

—Eso evita que la sangre se empoce —dijo un joven alto de tes pálida y ojos funestos cuando vio a Matías intentando saltar las rojizas aguas que escapaban del canal.

—Te llamas Yobani, ¿no? —preguntó Matías fijándose en él—. Escuché a Idalia llamarte así.

—¿Qué quieres? —inquirió de mala gana levantándose el mandil manchado de sangre para guardar su chaira en un cinturón de cuero lleno de diferentes tipos de cuchillos.

—¿Quién se encarga de repartir carne?

—Soy yo, ¿Te mando Ofelia? —hizo un gesto de desgano.

—Fernando me dijo que pidiera al encargado carne para… —no quería utilizar la palabra condenado con su amigo— Para… el *aya*.

—Ven. La de ese condenado desgraciado la tengo por separado —sonrió maliciosamente haciéndole una seña para que lo siguiera.

—¿Por qué le dices condenado? —inquirió Matías.

—¿Qué no se llaman así?

—Eres de las pocas personas acá que escucho que lo llaman de esa manera a la primera.

—¿Y cómo se supone que los llame?

Matías no respondió.

Caminaron hasta llegar a una diminuta habitación oscura donde en una caja de cartón, había trozos de carne con extraños cortes.

—Esto apesta horrible. Creo que se está pudriendo —reclamó Matías.

—Sea como sea, es la carne que se le da —respondió Yobani bufando por las narices—. En ningún momento le daremos la carne que será para nuestra gente.

—Pero…

—Si no la quieres puedes dejarla —miró a Matías con una mirada desafiante—. ¿La vas a querer?

Sin recibir respuesta, Yobani, cogió con sus manos los trozos de carnes de color amarillenta con regulares manchas negras y se las puso en las manos a Matías que, sin ver, volteó la cara para evitar respirar aquel hedor nauseabundo.

—¿Dónde las llevo? —preguntó Matías conteniendo la respiración.

—Ve tú. Yo tengo que volver al trabajo —diciendo esto, se marchó.

Matías colocó la carne en un ensangrentado mandil que amarró al instante como un paquete con las cuerdas que colgaban de él.

—¡Ey! Lamento lo de tu hermano —dijo Matías cuando pasó de nuevo por el corredor ya dispuesto a salir.

—Está bien el cretino. Solo fue un susto —respondió mientras cortaba lonjas de carne de una res que colgaba de un gancho oxidado.

—No lo vi cuando regresé a la Enfermería. Idalia me contó que se había ido a casa.

Yobani rio con sarcasmo.

—¡¿Cómo si la tuviéramos?!... Mmm… Creo que a estas alturas nadie la tiene —se detuvo sin mirarlo y luego retomó su labor.

—No pareces de acá.

—No lo soy, metiche. Pero ¡qué te importa!

—Solo quería ser amable —Matías frunció las cejas.

—Ahhh… Vengo de la costa.

—¿Eres del centro? Yo soy de la costa central.

—¡Ajá! —Yobani lo miró por el rabillo de los ojos.

—¿Sabes si hay personas aún?

—Mira, sanito o como te llames —volteó y lo señaló con su cuchillo—, la gente se murió y dudo mucho que aún se encuentre alguien vivo. Si lo hay seguramente ya se fue a alguna parte de la sierra. Así que mejor no busques a nadie ahí. —Con el puño con el que sujetaba el cuchillo se limpió el sudor de la frente dejando un rastro de sangre similar al de las manchas que se hacen los soldados en batalla—. ¿Ves a los que están acá? —continuó señalando con el cuchillo a un grupo de jóvenes que, al igual que él, hacían cortes de carnes que colocaban en baldes de lata con hielo—. Son huérfanos de diferentes lugares de la costa que tienen que pagar su estadía en este estúpido lugar con trabajo forzado. Es una mierda —miró con detenimiento a Matías y luego le preguntó—. ¿Cuántos años tienes?

—Diecisiete.

—Espérate cumplir los dieciocho y te pondrán a trabajar en cosas complicadas. Eso nos toca a todos. Aunque lo más seguro es que todos muramos en la guerra… Lo sabías, ¿no?... Vamos a pelear dentro de poco y seguro faltarán soldados.

Matías afirmó con la cabeza.

—Bueno. Seguro tienes razón, pero yo no estaré mucho tiempo acá… Me tengo que ir. Espero que tu hermano se recupere pronto.

—Está con yeso. Creo que lo estará por varias semanas… —suspiró y luego masculló refunfuñando—. Todo por ir a ese pozo de mierda.

—¿Pozo? —A Matías le vinieron a la mente las palabras que Ernesto había dicho aquella noche cuando salió de la Intendencia—. ¿Dónde está el médico? —conjeturó.

—¿Estás enterado? ¿Y cómo lo sabes?... Ahhh... ¡No importa!… Creo que nadie lo sabía. Seguro el cacique pidió a sus ronderos que no digan nada, como un secreto… Mmm… para evitar el pánico seguro... Igual me enteré yo. Mejor dicho, lo descubrí... El médico estaba en el pozo… muy al fondo en el terral donde termina esta comunidad —Yobani rio con sarcasmo—. Ya no era humano… Era un condenado de mierda de esos antiguos que no razonan ni piensan… Le sucedió eso después de morir.

—No entiendo —Matías se encontraba desconcertado.

—Bueno, sanito, te contaré —lo miró despectivamente antes de proseguir—. Había salido el médico en una caravana con ronderos al sur. Buscaban hierbas para hacer medicinas y buscaban la famosa pitahaya azul que no existe, pero que dicen que cura todo y que crece únicamente en las Tierras de Fuego. Pero cuando volvieron, los ronderos que habían acompañado al médico lo trajeron convertido en condenado. Estaba amarrado con sogas, como un animal rabioso… Ahhh… Todos los que fueron dijeron que habían visto una horda, una de condenados antiguos viniendo de ese lugar y que subían hacia el norte. Si no hubiera sido porque los que viven aquí vieron al médico convertido, nadie lo creería. Sus ojos eran blancos y su piel totalmente amarillenta.

—Pero ¿cómo se convirtió? —pregunto Matías.

—Dicen que mientras buscaban la pitahaya azul se encontraron con uno de esos condenados deambulando un poco lejos de la horda que habían visto y el médico, en su genial idea, pensó que sería bueno atraparlo para estudiarlo. Y por poco lo hacen, contó uno de los ronderos, pero como mordió al médico lo tuvieron que matar. Dicen que en el retorno el médico empezó a enfermar, pero cuando llegaron ya era tarde. Idalia lloró por su tío convertido en condenado. El médico era su tío, sin embargo, ya no se podía hacer nada por él. Ante esta situación, el cacique dijo que tenían que matarlo y se lo llevaron.

—De razón leía sobre condenados —murmuró Matías al recordar los libros de Idalia.

Yobani sonrió maliciosamente.

—Ironía —continuó con la historia—. Fue el médico el que terminó siendo estudiado. Habían dicho que lo iban a matar, pero en verdad lo arrojaron al pozo vacío y lo cerraron con una tapa de madera. De vez en cuando iba un rondero a darle carne y seguramente a ver qué pasaba… lo sé yo porque lo seguí y descubrí eso.

—¿Y por qué no lo mataron?

—Vaya que tú eres… No lo iban a matar, sanito, porque aún no lo estudiaban o al menos no descubren nada… El Cacique quiere otro médico para que haga eso.

Pero seguimos sin encontrar uno desde hace más de dos meses. Mientras tanto, la sobrina Idalia se hace cargo de la posta y todos los enfermos —Yobani retornó a sus quehaceres ignorando a Matías que al poco tiempo se marchó.

En el trayecto a la perrera, Matías se pasó imaginando cómo era posible que aquellos condenados de antaño y que, según las leyendas populares, se habían extinguido dando origen a los condenados actuales, inteligentes y sociales; pudieron haber vuelto. Había escuchado siempre que tales muertos en vida, aunque lentos, eran feroces. «¿Acaso algo de esto tiene que ver con el cambio de…?», en su mente se le vino la aterradora imagen de Sebastián atacando a Rocco.

—No me atrevo a entrar —le dijo del otro lado de las rejas a Sebastián cuando lo vio oculto entre las sombras.

Sebastián, al ver la presencia de Matías se acercó sereno, dejando a la luz sus azulados ojos.

—Esto te servirá por un tiempo —introdujo los pestilentes pedazos de carne por las rejas. Sebastián gruñó suavemente recogiéndolas del piso—. No sé qué te paso esa vez, pero ahora te veo como siempre.

Recogiéndolas del suelo, Sebastián, empezó a comerlas vorazmente.

—Ojalá pudiera traerte algo mejor, pero es todo lo que se me permiten —dijo apenado y se sentó en el suelo para ver a su amigo con más claridad— ¿Acaso me atacarías si entrara?

Aún se mantenían en el interior derecho de la jaula, los huesos mordisqueados de lo que le había parecido a Matías partes de un brazo y un costillar humano.

—¿De quién será? Estoy seguro de que no devoraste a nadie… tú no atacas personas.

—No lo creo, sanito. Nunca he visto que un condenado no mate gente —apareció Yobani en la perrera coreado por los ladridos de los perros.

—¿Qué haces acá?

—Vine alimentar a los perros. La mayor parte del tiempo los dejamos con hambre porque de esa manera están más salvajes para la cacería.

Mientras se acercaba donde Matías, iba echando trozos de carne entre las rejas.

—Tú no, maldito —se detuvo en la penúltima jaula—. Tú comerás de este. —Del bolsillo de su mandil sacó unos trozos igualmente amarillentos con manchas negras, como los que habían sido dados a Sebastián.

—¿Por qué él come otra carne? —preguntó Matías.

—Estoy haciendo un experimento —repuso con su peculiar sonrisa maliciosa.

—¿Experimento?

—¡Ajá!... Quiero saber qué le pasa a este perro al comer esta carne.

—¿A qué te refieres?

—Te dije que mi hermano se lastimó cerca al pozo, ¿no? —se agachó para ver como el perro comía su carne—. Esa carne es parte del cuerpo del médico… Mi hermanito me acompañaba cuando fui al pozo a verlo. Quería mostrarle lo que se siente ver a un verdadero condenado a la cara, uno de esos que si dan miedo. En eso pensé, cuando lo miramos desde arriba, que sería buena idea conseguir una parte de su carne para dársela de comer a los perros, pero entonces el cretino de mi hermanito la cagó. Se resbaló y cayó adentro y para salvarlo, tuve que saltar y matar al condenado médico. Pero hubo un problema. Si dejábamos el cadáver quizás nos descubrirían y echarían de aquí, por otro lado, sería un desperdicio abandonar su carne. Así que me lo llevé y lo corté en pedacitos.

—De razón… Me parece que el cacique está buscándolo…

—Pero teníamos mucha carne —rio maliciosamente—. Así que le dimos un poco a tu muertito.

—¿Esos pedazos entonces… —señaló Matías— son del médico? —inquirió enfurecido.

—¡Claro! ¿Pensabas que le daría carne normal? —siguió riendo.

Matías se lanzó contra él, pero Yobani era más fuerte y terminó golpeándolo hasta dejarlo sin aire en el suelo.

—Idiota, ¿crees que podrías conmigo? —lo pateó y escupió.

Reincorporándose, Matías se levantó casi tambaleando y se apoyó en un muro.

—Tal vez… no —dijo sangrando por la boca, mientras del otro lado de la jaula Sebastián gruñía ferozmente intentando salir—. Pero el cacique se enterará.

—Dile si quieres, pero si lo haces mataré a tu maldito condenado —sacó un cuchillo de su cinturón y apretó suavemente la punta en la frente de Matías que se encontraba inmóvil y asustado. Luego giró hacia Sebastián y con un raudo movimiento le cortó el dedo índice de la mano derecha que sujetaba las rejas.

El dedo rodó por el piso antes de ser pisoteado por Yobani.

—Si quieres dile —repitió—. Ya sabes.

Yobani caminó hacia la salida hasta desaparecer dejando heridos a Matías y Sebastián.

III

—¿Qué te pasó jovencito? —indagó sobresaltada Idalia cuando junto a Aylin vieron entrar en la Enfermería a Matías completamente magullado.

—No es nada… sólo una pelea —respondió adolorido dejándose caer en una de las bancas de espera.

—¡Ay, jovencitos! Ahora todos paran peleando… —se levantó del escritorio dejando el libro de alfabeto que se encontraba enseñando a Aylin—. ¿Te duele aquí?

Idalia se hallaba sentada al lado de Matías apretando los moretones del rostro y costillas de Matías.

—Vamos, jovencito. Ya deja de quejarte y ven para curarte —caminaron hacia uno de los consultorios seguidos por la mirada absorta de Aylin que abrazaba en su pecho el libro de alfabetos que había cogido.

—Eso de pelearse está mal —recriminó a Matías que se había sentado en la camilla—. No pueden andar peleándose todo el tiempo como perros y gatos. Aquí necesitamos unión. Ahurita más que nunca. —Empezó a aplicar el extraño ungüento de la latita—. Ya, ya, ya, no te quejes. Calladito numas que pa' pelearse sí es weno.

Por un momento, Matías se distrajo con la presencia de Aylin que se quedó parada en el umbral de la puerta moviendo su boca como queriendo decir algo sin saber cómo.

—¡Ay, jovencito! Aquí tengo algo bonito que decirte y tú viniendo así… ¿Con quién te peleaste? —interrogó Idalia.

—No lo sé —procuró negarse para evitar dar información de lo ocurrido sobre el tío de Idalia.

—Weno entonces me voy… ¿Tienes algo qué decir, mi niña? —le dijo sonriéndole a Aylin cuando pasó por su lado para ir al anaquel de las medicinas. Pero la reacción de ella fue abochornarse.

—Me encantaría que lo hiciera si pudiera, pero igual —comentó Matías siguiéndola—, Fernando me dijo en el almuerzo que el cacique quería verme antes de las seis y ya falta poco.

—Será luego entonces —Idalia le estiró la mano para entregarle la latita de ungüento que él recibió guardándosela en el bolsillo—. Aplícate esto una o dos veces al día para que te cure los moretones —Idalia se alejó, dejando a Matías abrochándose la camisa.

—Ya me voy —le dijo a Aylin cuando estaba por salir del consultorio—. Te veré en la noche para ir a cenar, ¿está bien? —siguió en dirección a la puerta.

—To... To... Toby —una suave voz entrecortada escapó de los delgados labios de Aylin.

Matías, paralizado, parecía creer que aquello solo había sido producto de su imaginación.

—To... To... Toby —repitió completamente abochornada.

—¿Puedes hablar? Pero... ¿Desde?... ¿Cuándo? —le preguntó a Aylin.

—To... Toby tú —con el dedo señaló el pecho de Matías.

—¿Yo? No. Me llamo Matías —dijo sorprendido cogiendo la mano que lo señalaba para apretarle suavemente el dedo en su pecho.

—Ma... Ma-tí-as tú... Ay-lín —ahora señalaba su propio pecho.

—¿Te llamas Aylin?

La joven afirmó con la cabeza.

—Quería decirte eso —habló contenta Idalia sentada desde su escritorio.

—No puedo creer que esté hablando —se alegró Matías abrazando a Aylin—. Ahora sé tu nombre y sé que me entiendes.

—Entiende, jovencito, pero no sabe aún hablar. Está aprendiendo —intervino Idalia.

—Sebas… tián —dijo Aylin.

—¿Sebastián? ¿Quién…? ¿Te refieres a nuestro amigo? —Aylin afirmó con la cabeza—. ¿Así se llama? Qué nombre más raro para un condenado.

—Ya, ve donde debes. Te espera el cacique —exhortó Idalia con ternura—. Deja de parlotear. No hagas esperar a la gente. Nosutras queremos estudiar ¿no es así? —Aylin afirmó con una sonrisa.

—¡Cuánto me alegro! —sonrió Matías—. Seguro que pronto podrás hablar bien… Igual nos veremos en la noche —concluyó antes de salir del centro médico.

IV

—¿Cómo está la muchachita? —preguntó el cacique tomando mate de una taza en forma de *kero*[22].

—Está bien, señor —Matías se quitó el sombrero y lo dejo colgando a su espalda.

—¿Ya aprendidita está de nuestra habla?

—Aún no. No aprende —mintió.

—Igualito ha de aprender. Más temprano que tarde esperemos —gesticuló su tan habitual sonrisa—. Síguele leyendo. Segurito aprende pronto.

—Señor, ¿para qué me mandó a llamar?

—¿Tu *aya* está bien? —el cacique parecía únicamente querer respuestas a sus preguntas.

—Sí… señor —respondió con demora, después de dudar por un instante en contar lo ocurrido aquella tarde.

—Eso es bueno —se rascó la frente sonriendo y luego colocó su bastón a un lado de la mesa para sentarse en una de las sillas—. Siéntate muchacho —continuó con un cortés movimiento de mano.

---

[22] Vaso ceremonial incaico tallado en madera y que está pintado y laqueado con escenas de sus vidas cotidianas.

Al sentarse, Matías, se dio cuenta de que el mapa que había visto aquella vez aún seguía sobre la mesa, solo que en esta ocasión le habían sido trazados nuevos círculos de color verde.

—¿Sabes del viernes de quema, muchachito? —preguntó el cacique.

—Sí, estoy enterado —respondió prestando atención a su interlocutor.

—Si no lo sabes, bien —tosió y volvió a tomar su mate—, es un tributo a la Pachamama para de nuestros pecados redimirnos…. Mañana martes sale un grupo de ronderos pa' conseguir la ofrenda y deberás ir con ellos.

—¿Por qué yo? —alternó su mirada sorprendida entre el cacique y Fernando (que desde un lado del salón permanecía sólido y en silencio con sus manos cogidas a la altura de la pelvis).

—Para no matar tu *aya,* muchacho… tú eres responsable. Debes conseguir cada semana un remplazo pa' eso.

—Pero, señor… Yo no sé usar armas y nunca he matado un… *aya.*

—Los *ayas* te siguen, muchacho —dijo el cacique—. No te priocupes.

—Debes aprender —agregó Fernando rompiendo su silencio—. Vas a necesitarlo.

—¿Necesitarlo? Pero yo no quiero…

—Acá lo que importa es conseguir un *aya* para la ofrenda —demandó el cacique golpeando la palma de su mano en la mesa haciendo que gotas del mate cayeran sobre el mapa—. Lo que quieras —tosió— no importa en este momento.

—Ernesto va a acompañarte por esta vez —agregó Fernando.

—¿Cuándo saldré? —inquirió Matías resignado.

—Mañana por la mañana cuando salga el sol —respondió Fernando—. Te enseñaré cómo usar algunas armas y luego saldrás con los demás antes del mediodía.

—Así es, muchacho. Espero te parezca bien —concluyó el cacique.

CAPÍTULO 10

I

Una nueva bandada de aves levantó el vuelo desde un árbol más distante. El estruendo también asusto a los cerdos que, de un lado del cerco, gruñían y corrían desordenadamente chocándose entre sí. A lo lejos, podía oírse el relinchar de caballos en un tono de fondo armonioso conjugarse perfectamente con la verde planicie despertando del alba. Entonces, en ese momento, el sol en sus dominios era el empoderado de los dos hombres, que, bajo él, orquestaban el ruido de jarrones de barro estallando cuando éstos eran impactados por las balas de un revólver.

—Tienes que tomar aire y retenerlo hasta disparar— indicó Fernando a Matías que acababa de aprender a coger correctamente la culata de la pistola—. No olvides tener el índice estirado en el gatillo y los brazos firmes —se acercó tras de él intentando observar por la mira del revólver—. Cuenta hasta tres mentalmente y jala lentamente el gatillo.

El disparo nuevamente salió errado.

—¿Tengo que romper todos los jarrones antes del mediodía? —se dio cuenta de que de los veinte jarrones que se habían encontrado colocados estratégicamente entre las rocas, cuatro de ellos habían sido reventados sin fallar por Fernando y uno por él después de muchos intentos.

—Si quieres ir con desayuno —le dirigió una mirada de poder mientras sostenía una bolsa de papel—. Son panes con mantequilla y queso que ha hecho Ofelia.

—Está bien —dijo decepcionado, imaginando que de querer arrebatarle la bolsa le sería imposible si Fernando la alzaba a la altura de su cabeza.

Volvió a disparar. La bala pasó muy cerca de uno de los jarrones logrando que este se meza por un instante antes de recuperar su estabilidad.

—Soy malísimo —se recriminó.

—Las piernas abiertas, una atrás y las caderas mirando al frente —Fernando hizo la postura para que Matías lo viera.

—¿Siempre has sido tan bueno?

—No. Ernesto lo es —con el dedo índice señaló al frente para que Matías volviera a disparar.

Así continuó por largo tiempo.

—¡Para! —ordenó Fernando cuando vio el sol apuntar su sombra al mediodía—. Nos vamos. ¡Toma!

Matías atrapó la bolsa del desayuno que Fernando le acababa de lanzar.

—Pero quedan diez jarrones.

—No te dejaré con hambre. Tienes que comer para el viaje.

—Nunca hasta hoy he usado un arma y no creo que la use —le dijo Matías mientras comía uno de los panes.

—Siempre llega el momento. Mejor saberlo antes… —respondió Fernando poniéndose su sombrero— Dame la pistola —estiró la mano para que Matías se la entregase.

—Creí que me la darías… —hizo una bola arrugada a la bolsa de papel vacía y se la metió al bolsillo.

—Todavía no… Primero aprende a disparar — Fernando se guardó el revólver detrás del cuerpo y montó en su caballo colorado—. Sube. Tengo que llevarte a la puerta.

Matías subió al caballo ayudado por Fernando y partieron a todo galope.

Ernesto se encontraba en el gran pórtico de Wayrapampa cuando llegaron. Estaban parados al lado de su imponente caballo rabicano, dos ronderos con caballos de color gris más pequeños y un burro.

—¡Ey, chico! Acá aprenderás hacerte hombre —se mofó Ernesto dando unas palmaditas al hombro de Matías cuando este se le acercó. Los otros ronderos rieron, menos Fernando—. Vamos ya —agregó—. Va a ser una gran cacería, virás. Espero no te desplomes antes —bromeó otra vez Ernesto acompañado por las risas de los otros dos ronderos.

—Toma —dijo Fernando levantándose el poncho para desabrochar el cinturón de cuero que sujetaba el machete que entregó a Matías.

»Cuando vuelvas, me lo devuelves —fue lo último que le dijo antes de marcharse.

—Bonito cuchillón el que te dio Fernando —sonrió Ernesto y luego de que Matías se ajustara el cinturón lo ayudó a subir a su caballo riéndose de lo gracioso que le parecía imaginarlo en acción.

—¿Está todo listo? —preguntó Ernesto poniéndose serio.

—Sí, patrón —respondió el rondero que montó último por amarrar las sogas que aprisionaban las alforjas con comida en el lomo del burro que sería jalado por su caballo.

—Andando entonces —ordenó Ernesto.

Enseguida, cruzaron el gran pórtico y se alejaron hasta un sendero que descendía por una pendiente hasta llegar a un río con márgenes frondosas.

II

La primera noche acamparon en una zona abierta del bosque. Las tiendas eran coloridos tejidos de alpaca. Frente a ellas, una fogata crepitaba iluminando los rostros de los hombres que se hallaban conversando a su alrededor.

—Lo contu mi taita …Antropófagus decía —continuó el rondero que se llamaba Tulio. Era joven, delgado y de piel cobriza.

—Qui empaz descanse —intervino el otro de nombre Nama. De apariencia un poco mayor, igualmente delgado, pero con cara de sueño.

—Comu es sabido, mi taita murió hace poco y me contu antes qui muriera —prosiguió con la historia— que ay pueblitus allí enel sur donde la genti se scondi ya no en casa sino en cerros, en güicus. Porquí venía de allí y así mismito lo vio. Dijo qui un hombri le contu qui vivió de purita suerti cuando borrachu andaba visitando los pueblus vacíos di nochi. Así se perdió y conoció aun siñor di ropas bien pobre qui solito estaba cocinando en ullas unas carnes rojas muy raras. «Siñor mi he perdido ayudemi a encontrar mi cuevita», le diju, «allí en mi cuevita mi mujer le preparara wena comida». El siñor le diju muy amable qui lo acompañaría y caminaron di noche. «Por allí no es, siñor», le dijo el hombri, «pero el siñor niún caso hacía». Hasta que llegaron a otru cerro qui nu era cueva dil hombri. Allí sí volteó y su cara ya no era di un siñor, sino comu di un *aya* con ojos nigros y venas nigras en todu su cuerpo. Sus uñas eran comu di animal y se lanzó contra el hombri borrachu para comerlo. Pero el hombri dil susto cayó dil cerro y se perdió en el campo di árboles. Así salvó su vida.

—¿Tu taita dijo qui iran antro… antro qué? —preguntó Nama.

—Antropófagus, dice qui dijo el hombre qui tenilla marca de arañazo en el pecho y desdi ntonces quedó bien cojo.

—¡Va! Tonterías —repuso Ernesto—. Leyendas nomás. No ai *ayas* que hablen nuistra lengua.

—Ciertito es —expresó Tulio un poco incómodo—. Así pasan cusas en nuestras tierras. Cusas raras del Uku Pacha.

—Yo sí crio —intervino Nama.

—¡Tonterías! —exclamó percatándose del rostro perdido de Matías— ¡Ey! Chico, ¿acaso crees eso? —Matías quería responder que sí. Que tal vez pudiera ser cierto y que aquella descripción del condenado del que se hablaba, la había visto parecido en Sebastián. Pero sabía que lo mejor sería mantener en reserva esa información.

Negó con la cabeza.

—¿Cómo atraparán un *aya*? —inquirió Matías intentando conversar de otra cosa.

—Lo haremos juntos, chico —volvió su mirada al fuego—. La cosa es que aprindas. El cacique quiere que mientras vivas en comunidad con tu *aya*, te encargues tú di eso.

—¿Cómo lo haremos? —reformuló su pregunta.

—Con esto —sacó una plateada pistola de la funda de su cinturón de cuero y elevándola a la luz de la fogata hizo que ésta reluciera hermosamente—. Es una Colt Boa 357 con cañón di quince centímetros. Ya no se fabrican. ¿No es bonita? —ladeó el arma de un lado a otro sonriendo—. Es la envidia di todo pistolero, chico. La adquirí di contrabando. Ni el bueno di Fernando tiene una como esta —la volvió a enfundar.

—¿Es cierto que eres bueno disparando?

—Soy pistolero. El mejor —sonrió.

—¿Y a donde iremos ahora? —preguntó nuevamente Matías.

—Tinemus qui ir porel Iste —indicó Tulio señalando con la cabeza en aquella dirección.

—Así es, chico. Mañana temprano iremos por ai —continuó Ernesto—. Siempre se puede encontrar un *aya* merodeando solo o en pequeños grupos fuira de sus comunidades. Parece que salen avices a cazar gentes para comer.

El resto de la jornada, antes de que se durmiesen, la pasaron conversando, primero de las instrucciones y estrategias que Ernesto con énfasis explicaba para que todo saliera bien; segundo, de fábulas orales que entre ellos fueron trasmitidas por amigos actualmente fenecidos.

III

Al día siguiente, todo era calma. El desierto empezaba a calentar y el polvo se condensaba en el aire de la mañana cuando éste era impulsado en pequeñas ventiscas originadas por el andar de los caballos.

Llegaron tras largo tiempo a un conjunto de cinco solitarias casas que mantenían el color del barro con el que fueron construidas. Les pareció extraño que se encontraran en medio del desierto. Eran pequeñas y formaban un círculo en el que tres de sus casas estaban colapsadas.

Al acercarse, escucharon ligeros gruñidos que provenían de una de las casas aún en pie. Ernesto, entonces dio mediante señas las indicaciones que la noche anterior había repasado con cada uno de sus subalternos.

Escondidos bajo los escombros de quinchas de las casas de barro que los cubrían del ardiente sol del desierto, se encontraban Ernesto y Matías estudiando minuciosamente los movimientos de dos condenados que con sus carabinas caminaban en círculos y precavidos frente a una de las desoladas casitas rurales que se mantenía en pie.

—¿Los viste? —Ernesto se agachó un poco más para dirigir uno de sus ojos por la mira de su revólver.

—¿Qué se supone que hagamos ahora? —Matías se encontraba inquieto al lado de Ernesto.

—Lo expliqué ayer… ¡Ay, chico!... Solo mira. De aquí no somos vistos.

—¿Y por qué no los atrapamos y ya?

—La paciencia es importantísima, chico —Ernesto sereno mascaba una pajita seca que había sacado del bolsillo de su pantalón—. Esperemos un poco más.

—Llevamos un día. Quisiera regresar —se quejó Matías.

—Shhh… silencio —Ernesto se hallaba concentrado, apuntando a los condenados que a lo lejos parecían gruñir nerviosamente.

Cinco minutos después, Ernesto imitó el ulular de una lechuza. A los segundos se escuchó de respuesta unos graznidos como de cuervo que Tulio y Nama, que al igual que ellos se encontraban escondidos a unos metros vigilando su área, empezaron a hacer.

—Es la señal. Podemos empezar la matanza —sonrió Ernesto con la pajita aplastada por sus dientes—. ¡A matar!

Dicho esto, sonó el cañón de su revólver. El disparo fue certero a más de doscientos metros de distancia. La cabeza de uno de los condenados reventó por uno de sus lados esparciendo sesos sobre su compañero. El sobreviviente rápidamente se metió a la casita rural y desde la ventana empezó a disparar en dirección a Ernesto.

—Quédate acá, chico. Solo mira y aprende —dijo y salió corriendo de los escombros donde estaba con Matías para ocultarse en una roca próxima a la casita rural.

Las balas de la carabina del condenado silbaban cerca del escondite de Ernesto. De repente otras balas salieron disparadas de la puerta entreabierta y otras más del techo.

Sin ser visto, Tulio corrió hacia uno de los lados de la casita mientras era cubierto por Nama.

Los disparos provenientes de la casita eran infernales e impedían el acercamiento de Nama.

—¡Recuerden no matar a uno! —gritó Ernesto que desde su lado se encontraba fisgando el fuego cruzado que se había desviado hacia los dos ronderos.

Cuando Ernesto volvió a disparar en dirección al vidrio de la ventana, para que este explotara sus vidrios sobre el condenado que se escondía ahí, Tulio aprovechó para correr más cerca a la casita, pero recibió un balazo en el pecho. Momento que el condenado de la ventana se dejó al descubierto para ser asesinado por Ernesto de un balazo en la cabeza.

—¡Tulio ta' herido! —gritó Nama llegando donde su amigo.

—¡No salgas! —chilló Ernesto. Pero era demasiado tarde. Un balazo atravesó el cuello de Nama dejándolo muerto después de unos minutos de sufrida agonía.

Ernesto se dejó ver. Caminó ante ellos con la intención de que los condenados al disparar dejaran algún punto visible que él pudiera aprovechar. Los balazos le silbaron los oídos, pero como siempre, él apretó el gatillo con certinidad, matando a los dos condenados restantes.

—¡Caraju! ¡La cagaste! —dijo cuando llegó hacia Tulio que se retorcía de dolor en el suelo—. No debiste salir así.

—Perdun… —lloraba agarrándose el pecho que le sangraba a borbotones.

—¡Caraju! Ahora Nama está muerto… —recriminaba mientras levantaba a Tulio— ¡No mires, caraju! ¡Ven ayuda! —resondró a Matías que rápidamente llevó abrazado a Tulio hacia los caballos que se encontraban escondidos al otro lado del conjunto de casas—. Un fastidio ¿Ahora donde encontrare un *aya* vivo?

Ernesto entró a la casita rural y después de un minuto salió arrastrando de los cabellos a una condenada que con gruñidos de llanto aferraba a su pecho a un bebé recién nacido.

—¿Qué haces? —preguntó espantado Matías.

—Esta cosa nos servirá —lanzó a la condenada a los pies de uno de los caballos.

—Pero tiene un hijo. No puedes…

—Vaya escrúpulos —refunfuñó frunciendo las cejas—. Di eso te encargas tú.

—¿Qué cosa?

—Esta *aya* será pa’ la quema… Tú mata eso —señaló al bebé.

—¿Estás loco?

—Mira esta situación... Tenemos a un herido que, si no llegamos rápido, se nos muere y al otro muerto... ¿Acaso vas a cuidar de eso? Y tu condenado, ¿quieres que lo quemen?

—No, pero...

—¡Pero nada!... ¿Lo matas tú o lo hago yo?

—¡No lo haré! —gritó encolerizado Matías—. Esto es una mierda. Así no deben ser las cosas.

—¡Pero lo son! ¡Ya aprende! —diciendo esto arrebató al bebé de las manos de su madre que se encontraba completamente indefensa y aterrorizada. Lo cogió de los dos pies con cada mano colgándolo boca abajo.

—¿Lo matas tú o lo parto en dos en este momento? —advirtió Ernesto.

—¡No, por favor! —rogó Matías olvidando los quejidos de Tulio y el llanto de la madre condenada que se encontraba paralizada de miedo—. ¡No lo hagas!

Ernesto empezó a tirar de las piernas del bebé haciendo que su llanto se volviera más desgarrador.

—¡No lo hagas! ¡Lo haré yo! —suplicó Matías para luego recibir al bebé.

—Pero lo haré solo, ahí —agregó señalando la casita donde había iniciado todo.

—¿Me cries, idiota? ¿Y si lo abandonas? —frunció las cejas Ernesto arrebatando nuevamente al bebé, al cual sostuvo de una de sus piernas para arrojarlo fuertemente contra el suelo.

La madre se fue contra Ernesto, pero siendo más débil que él, la volvió de una patada a su sitio.

—¡¿Qué hiciste?! Eres una bestia… —el rostro de Matías estaba lleno de impotencia y terror.

—Te lo dije. Su cabeza está rota, pero aún respira. Puede quedarse así por días antes di morir di verdad… Por aquí no pasa nadie.

Ernesto había ya amordazado a la condenada que no dejaba de llorar. Ahora la sujetaba sobre el burro. Matías miraba el cuerpo agonizante del bebé convulsionando con un agudo sonido de respiración. Tulio rogaba que partieran.

—¿Qué haremos con Nama? —interrogó Matías.

—¿Está muerto?

—¿Lo vamos a enterrar?

—¿Está muerto? —volvió a preguntar Ernesto.

—¿No lo ves acaso? —renegó Matías.

—¿Entonces por qué preguntas? No perdamos tiempo enterrándolo cuando tenemos un herido —respondió refunfuñando Ernesto—. Hasta Wayrapampa es un día y si no vamos en este momento, también Tulio morirá.

—¿Sabes montar? —agregó.

—Sí.

—Entonces vi con Tulio pa' que lo ayudes.

Antes de subir al caballo, Matías se acercó al agonizante bebé. Se arrodilló frente a él y, del cinturón que le había dado Fernando, sacó el machete. Observó los ojos aterrados de la madre amordazada. Sintió los suyos humedecidos. Miró nuevamente el agonizante cuerpecito y sintió que algo dentro de él se quebró. Entonces incrustó la punta afilada del arma, lentamente en su cabecita hasta que quedó completamente   inmóvil.   Inerte.

CAPÍTULO 11

I

—Le… er… más —pidió contenta Aylin señalando el libro de historia.

Desde su última llegada a Wayrapampa, Matías, no dejaba de sorprenderse de lo rápido que su amiga aprendía a comunicarse.

—¿Qué te siga leyendo?... —tomaba una bocanada de aire y la expulsaba lentamente con la intención de eliminar un poco de su frustración—. No siento ánimos. Disculpa. —Matías no podía concentrarse. Cada vez que leía, se le venía la imagen de aquel condenado bebé siendo asesinado por sus manos.

—E-es-tá… bien. —Aylin se recostó en silencio sobre su hombro.

—Descuida. —Matías aspiró una nueva bocanada de aire y volvió a leer.

En ese momento, se encontraban sentados bajo la sombra de un algarrobo, en una plazuela distante a la que pocas personas solían ir.

—Aylin, tenemos que irnos. No quiero estar más acá —interrumpió su lectura. ella lo miraba esperando una explicación—. No podemos estar acá porque corremos riesgos… Al menos no quiero volver a salir como ayer.

—No… te-vayas —demandó Aylin apretando su brazo contra su pecho.

—Nos iremos juntos... No quiero que me obliguen a hacer cosas que no me gustan —cerró el libro y recordó al bebé definitivamente quieto, muerto—. Pero ¿dónde? ¿a dónde vamos?

—Ya… chay.

—¿Yachay? No entiendo —Matías se fijó directamente en los ojos de Aylin.

—Es… Ca-sa.

—Dónde vive Se… Sebastián, ¿no? —Aylin afirmó con la cabeza.

—Pero… No podemos… Aunque podríamos dejarlo a él cerca para que vaya a su casa. Y nosotros marcharnos juntos a la costa. Me podrás acompañar —dijo entusiasmado.

—¡No, ca-sa!

—Esa ya no es tu casa, Aylin —calló al recordar el sobrecogedor llanto que ella había tenido cuando le contó (antes que partiera a su expedición), que su naturaleza era humana. Aquel día lloró hasta llegado el sueño—. No puedes volver. Lo sabes, ¿no?

Aylin respiró profundo y elevando la mirada al cielo se quedó largamente perdida entre las nubes próximas del otoño.

II

Era viernes. El plan consistía en aprovechar el día de purificación a la Pachamama para escapar con Sebastián. Probablemente, él ya habría recuperado las fuerzas necesarias para andar.

Apareció cerca de la noche en la perrera. Llevaba, cruzado en su pecho, el mismo morral tejido de siempre, pero esta vez lleno de víveres. En una de sus manos sostenía una bolsa de papel con pescados, que había robado del criadero de truchas construido a los pies de una cascada.

—¡Vamos, tenemos que irnos! —abrió la puerta de la jaula e hizo una seña con la mano para que Sebastián saliera.

Sebastián, sin embargo, no parecía ser él. Su apariencia nunca había sido tan distinta. Estaba muy próximo a ser un espanto.

—¡Tenemos que irnos! ¡Apura!

Lentamente, se levantó como una sombra emergiendo de un agujero completamente negro. Sus ojos no parecían los de antes, pero aún en ellos se reflejaba la vivacidad del recuerdo.

—Por acá… Iremos por la izquierda, ahí no seremos vistos.

Antes de salir de la oscuridad de la perrera, Sebastián se había vestido con las ropas nuevas que, Matías le había dejado aquella vez.

—¡Toma, te traje esto! —se levantó el poncho para sacar una gorra que tenía apretada contra la pretina del pantalón—. Esto es para evitar que te reconozcan —Sebastián se acercó cojeando para recibirla con la mano donde le había sido amputado la mitad del dedo—. Me parece que aún sigues magullado.

Matías sintió un temblor al percatarse de la amputación, ahora parchada por un retazo de tela.

—Tenemos que ir en esa dirección —señaló a la parte baldía que se encontraba lejanamente a espaldas de la perrera.

Mientras caminaban, no dejaba de dar atisbos a su compañero preguntándose si cupiera la posibilidad de que este volviera a transformarse en aquel salvaje espectro.

—Vamos, no podemos retrasarnos. Dejé una escalera en el cerco. Esa parte no tiene mucha altura, será fácil saltar.

Sebastián se detuvo y miro atrás como en busca de alguien.

—Ella no vendrá —volvió a mover su mano para que Sebastián lo siguiera—. No quiero ponerla en riesgo. Será mejor que se quede acá. Yo volveré por ella. Solo te acompañaré hasta tu casa. Mejor dicho, cerca. No quiero que me coman.

Se detuvieron a unos metros de su destino. La escalera se encontraba en el suelo y, frente a ellos, Edric apuntándolos con su revólver.

—¿No deberías estar con los demás en la quema? —preguntó Edric.

—¿Qué haces acá?

—Vengo a escoltarte. ¿No te has perdido?... ¡Ah!, ya no importa. Yo sí perdí la venta... Por eso no dejaré que se marchen. Quiero ver a tu maldito condenado arder en el horno —dijo a secas.

—¡Déjanos, Edric! Tenemos permiso de irnos —suplicó Matías.

—¿Entonces por qué no sales por la puerta grande? —dijo con una mirada oscura.

—Edric, por favor, déjanos ir —insistió.

—No lo haré. ¡Por vuestra culpa perdí la oportunidad de ganar dinero! Buen dinero que bien podría haberme ayudado a ir al norte. A vivir lejos de esta miseria. Pero todo está hecho mierda. Y Rocco...Tal vez si él estuviera bien, lo pensaría un poco... Pero las cosas son diferentes ahora.

—El cacique dijo que no podías hacer daño a…

—¿A tu maldito muerto? —rio maliciosamente— No necesito sus órdenes para hacerlo si quiero.

—Por su culpa, Rocco está mal... ¿Quieres saber por qué Rocco nunca se quita el pañuelo de la cara? —continuó—. Él es mi primo, el único familiar que tengo con vida... Cuando éramos chicos, huérfanos, nos encontramos en el bosque con unos críos condenados….

empezamos a pelear. Logré matar a uno de ellos reventándole la cabeza con una piedra. Pero él... él... —un ligero tartamudeo se le posó en los labios— fue cogido por otros dos... uno de esos malditos condenados lo sujetó... —su voz era trémula— el otro lo mordió en la boca, tan salvajemente que le arrancó los labios y parte del mentón. Nos querían comer... Estábamos espantados, paralizados. Él sangraba... por la boca... sangraba... Pensábamos que moriríamos devorados por esos críos del infierno que nos veían como riendo... Nunca hasta entonces había pensado que esos malditos sonrieran. Pero ese día... en ese momento, estábamos a punto de irnos al carajo. De repente un disparo sonó cerca y los ahuyentó... Era el cacique, apareció entre el follaje con sus hombres para salvarnos... Pero los críos, esos condenados, ya habían huido. No los atraparon por más que los siguieron... Desde entonces, juramos que no dejaríamos a ningún maldito condenado escapar otra vez. A éste... —señaló a Sebastián— este me dio curiosidad, no parecía atacar, hasta pensé que sería una buena mascota... tan blando como un perro... Pero las mascotas muerden a veces, ¿verdad? —lo observó por la mira del revólver—. Hubiera sido mejor obtener un poco de dinero con él... un espécimen original... raro que podría valer mucho; pero malograste todo... Ahora Rocco se encuentra en cama, casi al borde de la muerte. La infección de la herida lo está matando de fiebre y seguro no sobrevivirá... En ese caso... me da igual qué hacer con eso —dio un suave movimiento al cañón del revólver para indicar a Sebastián que diera vuelta—. ¡Así que vuelvan, si no quieres que se me escape un balazo a ti también! —la punta de la pistola ahora apuntaba en dirección a Matías—. Recuerda que tú tienes una vida.

—¿Para qué quieres que vuelva si nos quieres matar? —los nervios de Matías le estremecían el cuerpo.

—A ti quizá en otra ocasión, pero a él pensaba mañana meterlo al horno.

—No puedes hacer eso.

—Claro que puedo. ¡Ahora vuelvan! —apretó con el pulgar el martillo de su revólver—. No me obligues a matarlos en este lugar… Seguro oirán el disparo, pero algo se me ocurrirá.

—Edric, déjanos ir, no volveremos si eso quieres. Pero no podemos continuar así —rogó Matías.

—No puedo dejar sin venganza a Rocco… Igualmente tu amigo morirá. Todos los condenados invasores de los pueblos cercanos morirán pronto —gruñó observando por la mira a Matías—. ¡Ahora avanza!

En ese momento, Sebastián se lanzó contra Edric, produciendo que un disparo le atravesara el pecho. Edric gritó al ser empujado por el peso muerto de su atacante herido. Y gritó más porque Sebastián lo hizo caer sobre una de las grandes antorchas que se apoyaban desde el suelo, ahora esparciendo sus carbones ardientes en el cuerpo de Edric que estaba encendido por llamaradas que saltaban de un lado a otro mientras gritaba y rodaba exasperadamente intentando apagar el capullo incandescente que lo envolvía.

Unos ronderos, que hacían guardia cerca, oyeron el barullo a la distancia y se acercaron corriendo con sus rifles.

—¿Qué pasa ahí? —repetían apareciendo de entre la oscuridad.

—Tenemos que irnos —despertó Matías del shock—. ¡Vamos! —levantó a Sebastián que poco sangraba por el orificio del pecho.

Matías colocó la escalera cuesta arriba en el muro e hizo subir a Sebastián que terminó desplomándose al otro lado del cerco.

—Tenemos que correr —dijo una vez llegado donde su amigo.

»¡Vamos! —volvió a levantar a Sebastián que se encontraba magullado sobre la tierra.

Ahora se encontraban fuera de la comunidad. Del otro lado del cerco, se escuchaban los gritos de los ronderos que callaron cuando los de Edric por fin cesaron.

En el transcurso de la huida, se encontraron con el mismo enebro en el que, hace más de una semana, habían dormido junto a Aylin. Ahí Matías decidió, debido a la hora, que sería bueno acampar.

—Con esto estarás bien… —ajustó el vendaje de tela en el seco pecho de Sebastián. Luego adosó un conjunto de ramas y hojas para formarle un colchón— Ahora sì puedes dormir —sosteniéndolo de los hombros lo recostó con suavidad.

Miró el dedo amputado de su mano derecha.

—Disculpa por hacerte pasar todo esto. Te llevaré hasta tu casa y de ahí nunca más me volverás a ver —dijo apenado recostándose en otro lado—. No te volveré a meter en problemas.

Esta vez el refugio era más frío, más solitario, como si dotado de una conciencia invisible entendiese que la falta de un integrante aminorase la fuente de calor. Sin embargo, a pesar de la baja temperatura, los compañeros sabían que tenían que pernoctar, sería necesario para continuar con energía su largo viaje al amanecer.

—Ojalá estuvieras aquí —susurró Matías recostando su cabeza sobre sus brazos y, observando el cielo, visualizaba en su mente a Aylin franqueando dominante entre las estrellas y la oscuridad.

III

Era de mañana cuando el sonido cercano de caballos relinchando y corriendo los hizo despertar sobresaltados. «¿Podrían ser los ronderos? Si lo fueran ¿Estaríamos a salvo con ellos?», se preguntaba Matías, «Quizás lo más seguro sea ocultarnos hasta que pasen».

Mediante señas, Sebastián entendió lo que debía hacer. Se dirigieron al borde del acantilado que se encontraba a unos metros del enebro y descendieron sosteniéndose de las piedras hasta llegar a una plataforma aérea hecha de roca. Desde ahí observaron el río, como un delgado hilo de agua serpenteando en su fondo. A uno de sus lados caminaban lentos y ordenadamente, una horda de incontables condenados antiguos, iban tambaleantes en dirección al norte.

Cuando el sonido de los caballos había desaparecido, escalaron a la superficie.

—¡No puede ser! Es cierto que han vuelto. No era mentira… Nadie podrá salvarse a eso —Matías temblaba desde el suelo.

—No será seguro ir por allá —continuó esta vez fijándose en su amigo y sacudiéndose la ropa empolvada al levantarse—. Podríamos encontrarnos con… con… esos... Será mejor desviarnos un poco en diagonal al sur, sin ir cuesta abajo, al acantilado. Sería muy peligroso, al menos para mí. Quizás a ti no te hagan nada, pero a mí… sí… Será mejor ir un poco al sur, pero no tanto como para desviarnos y luego subir al lugar donde vives.

Después de aquello, no hubo más monólogo por parte de Matías. Bastaba con una de sus señas para que Sebastián (quien había aprendido a leer sus gestos) entendiera.

IV

Se desvanecía la tarde cuando llegaron a un pueblo, que al igual que muchos de la región, había sido abandonado.

—Creo que podemos quedarnos acá —aseveró Matías ingresando a una destartalada casita de quincha—. Encenderé una fogata y luego de comer, podremos dormir un poco.

Las llamas danzaban iluminando el espacio de lo que, en algún momento de la historia, había sido una comisaría policial. Ambos se encontraban en silencio perdiéndose cada uno en sus reflexiones. Matías comía unas *chaplas*[23] que había sacado de su morral. Sebastián, por su lado, comía de las truchas que su amigo le había entregado. De repente, el sonido de unos pasos los alarmó. Matías apagó el fuego, pero era demasiado tarde, los residuos de humo eran visibles. Los pasos se acercaban lentamente desde el exterior. Los dos se ocultaron bajo un viejo escritorio. Los pasos penetraron en el recinto. Parecía que alguien se encontraba indagando entre las cenizas. Se escuchó el morral —que Matías había dejado—, abrirse para ser inspeccionado. En ese momento una delgada sombra los observó bajo el escritorio. La sombra emergía de la ennegrecida estancia acercándose entre la bifurcación de la luz lunar que entraba desde una ventana aledaña al escritorio. Fue Sebastián el primero en darse cuenta. Era Aylin.

—¿Cómo llegaste aquí? —preguntó Matías después de sobrellevar el susto.

—Idalia.

---

[23] Chapla: Pan Ayacuchano (Departamento del Perú). Se come en la Sierra desde sus orígenes en la Colonia Española. Peculiar sabor, aroma y olor hecho sin levadura.

—¡Bendita Idalia! —refunfuñó— nunca puede mantener la boca cerrada… Pero… ¿cómo? ¿Cómo nos encontraste?

—Sé se-guir… buscar —sonrió.

—Me alegra verte —Matías abrazó a Aylin ante la mirada sorprendida de Sebastián que intentaba asimilar cómo era posible que Aylin hablara el lenguaje de los humanos—. Pero no deberías estar aquí. Es por eso que escapamos, no quería que supieras —le dijo separándose de ella.

Sebastián gruñó y al instante fue respondido por un gruñido proveniente de Aylin. Así anduvieron por unos segundos articulando su incomprensible lenguaje.

Encendida la fogata otra vez, Matías los invitó a sentarse alrededor. Sacó más chaplas de la mochila. Uno lo entregó a Aylin, otro lo puso a su costado. De la bolsa de papel sacó otro pescado y se lo entregó a Sebastián, pero él se negó alejándose a un rincón distante de la estancia.

Durante unos minutos Matías y Aylin permanecieron comiendo, sin hablar, observados por los ojos inmutables de Sebastián.

—¿Sucede algo? —preguntó Matías.

—Di-ce… soy otra —siguió comiendo de su pan.

—Claro que lo eres. Tú no eres como ellos —Matías recibió un breve atisbo de decepción—. No entiendo. ¿Cómo llegaste a confundirte con ellos?

—Fui… adop-tada.

—¿No recuerdas antes de eso?

Aylin, recordaba su nombre e imágenes confusas de una pelea dentro de una casa con paredes de barro y piso de tierra. También recordaba el llanto desgarrador de una mujer y risas obscenas. Como siempre, había creído que aquello no era más que pesadillas repetitivas que a veces la mortificaban.

—¿De verdad no recuerdas nada? —volvió a preguntar Matías.

Aylin negó con la cabeza.

—¿Por qué viniste? Se suponía que estarías más segura en ese lugar —continuó Matías.

—Yo… es-cucho… la… gente ha-bla di gue-rra

—¿Guerra?

Afirmó moviendo la cabeza.

—¿Qué sabes de eso? —inquirió Matías.

—Van… matar… mis gentes —Aylin se estremeció intentando hablar lo más fluido posible—. Ten-go que a-visar.

—¿Estás loca? ¿Te has visto ahora?... Si vas, te comerán… ¿Eso quieres?

—Soy un… —titubeó— Aya. Huma-na… tam-bién.

—Es peligroso. Por eso no quería que vinieras.

—¡I-ré! —arqueó las cejas.

—Iremos juntos. No dejaré que te pase nada —Matías removió el fuego con un palo para que éste al inflamarse produjera más calor.

—Existen los viejos condenados… Condenados, *ayas*, es lo mismo —explicó al notar la confusión de Aylin—. Esos antiguos de los que se dicen que existieron alguna vez… Los vi venir del sur. Son cientos. Miles.

Aylin volvió a temblar esta vez cogiéndose los codos.

V

Al despertar al día siguiente, Matías descubrió que Aylin no se encontraba con ellos. Pensando que se había marchado salió a buscarla. La encontró en una quebrada cerca a unas casitas rurales. Esa mañana, el sol resplandecía cálido e iluminado en el movimiento de las aguas donde Aylin se hallaba nadando. Matías desde el fresco de la porción del tejado de una de las casitas rurales, la observaba embelesado, perdiéndose contemplativamente en sus figuras desnudas que por momentos escapaban del agua girando ondeantes y juguetonas antes de sumergirse nuevamente. Los movimientos le recordaron a las leyendas sobre el encanto de sirenas seduciendo a los incautos marinos o a los turistas de las orillas. La observaba y Aylin nadaba magistralmente desde la quebrada a sus pensamientos. La observaba oculto desde las sombras. Oculto hasta que fue descubierto por ella, que avergonzada se sumergió hasta estar próxima a desaparecer.

—Disculpa… No sabía —dijo Matías con un repentino ardor en el estómago que ahora se tornaba ligero. Algo dulce en su boca.

Por primera vez tenía la indiscutible certeza de que aquella adolescente no era un condenado, sino una mujer; una bella y delgada, en toda la palabra.

—…Me voy. No te preocupes.

Estaba a punto de marcharse, pero Aylin, aún ruborizada, salió del agua y ante la vista de Matías se empezó a vestir.

—Ahora me avergüenzo de las veces que me viste —comentó Matías mientras sentado, al lado de Aylin, desviaba la vista hacia las calmadas aguas—. No te consideraba mi igual entonces.

—Es… di humanos… nadar —sonrió ruborizada.

—Sí —respondió y cogió una piedrecilla que lanzó a la quebrada haciéndola rebotar en el agua tres veces antes de hundirse.

Aylin aplaudió contenta. Luego, recostó su cabeza sobre el hombro de Matías.

Cuando Sebastián los encontró, se hallaban en la orilla, riendo de las piedras que Aylin lanzaba ineficientemente al agua intentando darles rebote como lo hacía Matías.

—¿Todo bien? —preguntó Matías al ver la palidez que brotó en el rostro de Aylin luego de oírla responder a los gruñidos de Sebastián que ya se había marchado.

—¡Ey! ¿Qué dijo? —cogió del brazo a Aylin que pretendía ir corriendo detrás de Sebastián.

—Quie-re… ir por… su cuen-ta… solo —los ojos de Aylin estaban llorosos cuando siguió andando.

—¡Espera! —Matías fue tras ella.

—¿Qué sucede? ¿Por qué quiere ir solo? —Matías sostuvo nuevamente su brazo.

—Le… gusto… dijo —se soltó y marchó a toda prisa.

—¡Por favor no se pierdan! —le gritó Matías a Aylin—. ¡Les daré el alcance!

Matías volvió a la comisaría que les había servido de morada por la noche. Cogió su morral que se encontraba sobre el escritorio y comenzó a guardar los víveres que estaban desperdigados por el suelo. Se hallaba alistando lo necesario antes de partir, cuando el frío de un cañón le apuntó a la cabeza. Matías se volvió encontrándose con un delgado condenado sosteniendo una vieja carabina. Luego apareció otro, de ojos locos, levantando en uno de sus brazos un hacha manchada de sangre. Matías gritó cuando este último, con una fuerza tremenda, clavó el machete en el escritorio. El repentino grito alarmó a sus amigos que retornaron corriendo.

Cuando aparecieron tras el umbral de la comisaría, los dos condenados atacantes estaban rodeando amenazantemente a Matías y, a espaldas de ellos, dos corpulentos condenados ingresaron por una apertura en la pared seguidos por tres pequeños condenados. Era el señor Amancio con el padre de Sebastián y su hermana Samanta que venía acompañada de los dos gemelos Fabricio y Nicolás.

CAPÍTULO 12

—¡Hijo! —entre sollozos el señor Preysler se arrodilló para abrazar a Sebastián con una fuerza paternal única.

El señor Amancio apuntaba a Aylin con su carabina, aunque sabía que no era necesario. Siendo demasiado grande y fuerte podía partir a la chica con sus propias manos si lo deseaba.

—¿Qué pasó? —interrogó examinando afligido las heridas de su hijo.

—¡Hermanito! —recibió el abrazo lloroso de Samanta.

—Estoy bien, papá. Perdóname —titubeó bajando la entristecida mirada—. No debí irme.

—Llevamos más de una semana buscándote —dijo el señor Amancio sobando toscamente con una de sus manos el desgreñado cabello de Sebastián.

—Pero hijo, ¿por qué te fuiste? —intervino el señor Preysler.

—Lo siento, papá. Tenía miedo por... por... él —señaló a Matías.

—¿Te hizo algo… este…? —el señor Preysler se fijó en el medio dedo de su hijo y rápidamente se levantó enfurecido con la intención de irse contra Matías.

—¡No, papá! ¡Es mi amigo! —exclamó Sebastián.

—¿Tu amigo? ¿Cuál? ¿Esos dos humanos? —inquirió sorprendido el señor Amancio observándolos detenidamente.

—Sí papá, esos dos —se dirigió a su padre respondiendo al señor Amancio.

—Pero los humanos son peligrosos, te pudieron haber matado —se lamentó—. ¿Y qué te pasó? ¿Por qué estás tan herido?

—Sí, papá —interrumpió Fabricio a Sebastián que pretendía dar respuesta a su padre—. Son peligrosos, hay que matarlos y comerlos —sonrió maliciosamente pasándose la lengua entre los labios.

El señor Amancio miró a su hijo con una mirada amenazante que le hizo tragarse la lengua.

—¡Hermanito! —lloriqueó Samanta abrazándolo nuevamente—. Quería que supieras que estaba orgullosa de ti… cuando te peleaste con Fabricio… eres muy valiente —sus lágrimas caían de sus mejillas… No te vayas otra vez por favor —aspiraba los mocos de su nariz.

—Perdón, hermanita —le limpió las lágrimas con el lado más limpio de las mangas de su camisa.

—Fue mi culpa, hijo. Perdóname a mí —añadió el señor Preysler—. Cuando me enteré, estaba molesto… Entré a tu habitación y encontré esas revistas que escondías debajo del colchón. Las rompí. Tenía vergüenza… Pensé en castigarte cuando volvieras, pero era de noche y no regresabas —su rostro era compasivo y melancólico—. Estaba preocupado… Salimos a buscarte y no hemos regresado desde entonces… lo siento, hijo… todo es culpa mía por no entenderte.

—Perdón, papá… no quise preocuparte.

—Bueno es hora de marcharnos. Ya te encontramos —rio el señor Amancio con su peculiar gesto grotesco—. No debemos estar mucho tiempo lejos de casa —frotó otra vez los cabellos de Sebastián—. ¡Bah! Tu madre está desesperada. Dijo que al volver nos preparará un exquisito Balut con queso casu marzu, y para ti, lo que quieras.

—¿Qué hacemos con estos, jefe? —preguntó el condenado delgado de los ojos locos, que volvió a coger su hacha.

—Déjalos —dijo amargamente el señor Amancio—. En otras circunstancias los mataría o desollaría, pero… ¡Ah!... ¡déjenlos! No quiero hacer sentir mal al crío.

—Pero, papá, no puedes hacerlo —gritó molesto Fabricio—. Entonces, los quiero como mis mascotas —señaló a los dos amigos de Sebastián.

Un golpe duro, de los que nunca había recibido, hizo caer a Fabricio al suelo haciendo que su ojo de vidrio se desprendiera y saltara entre los escombros.

—Eso es bueno. Me alegro mucho —rio vehemente el señor Amancio al ver que Sebastián arremetió contra su hijo—. Te lo mereces. No estoy de acuerdo con el engaño del humano. Pero tampoco estoy de acuerdo con lo que hiciste… —hizo una pausa para mirar con atención a Sebastián—. Veo que te has hecho fuerte. Me gusta eso —volvió a reír—. Ojalá te volvieras un cazador. Seguro serías muy bueno.

Fabricio, comiendo su vergüenza, se sobaba adolorido el rostro mientras se arrastraba en el suelo en busca de su ojo perdido. Samanta sonreía, contenta de que esta vez su hermano fuera el vencedor.

—Vamos, hijo, tenemos que irnos. No queremos perder a nadie más —comentó el señor Preysler.

Sebastián preguntó a quién habían perdido.

—Perdimos a Galio hace unos días —respondió el señor Amancio—. Nos estaba ayudando a buscarte, pero fue capturado por los humanos.

—Pobre, señor Galio, siempre fue bueno conmigo —suspiró Samanta—. Me dejaba golpear a sus cerdos.

Desde su lado en la entrada, Matías y Aylin se encontraban en silencio, intentando comprender que Sebastián había encontrado a su familia y era hora de marcharse.

Los ojos de Aylin se llenaron de lágrimas cuando vio a Sebastián cruzar indiferente a su lado, escoltado por los demás condenados.

—¡No pueden irse!... aún —gritó llorosa Aylin.

Todos, excepto Sebastián, se sorprendieron de que la hembra humana hablara su lenguaje.

—¿Acaso hablaste? —Se acercó el señor Amancio como un toro hacia Aylin—. ¿Cómo puedes hablar con nosotros?

—Yo… fui una de ustedes —todos quedaron confusos.

Los dos condenados contratados rieron delirantemente burlándose de Aylin.

—¡Cállense, idiotas! —ordenó el señor Amancio produciéndose un silencio sepulcral.

—¿Por qué no podemos irnos? —preguntó sosegadamente el señor Preysler.

—Antes, tengo que decirles algo urgente, pero primero quiero disculparme contigo Sebastián —se dirigió a su amigo aún llorosa—. Te volviste importante... siempre lo serás. Te quiero... pero... no sabía... soy humana. No puedo hacer nada para corresponderte... Te voy a extrañar... Pero ahora vas a estar con tu familia... Por favor aléjate de esto. No deseo que te pase nada. Y espero... espero algún día volverte a ver —se secó los ojos con las palmas de las manos.

Los que estaban ahí miraron a Sebastián intrigados.

—¿Y qué nos ibas a decir humana? —cuestionó secamente el señor Amancio.

—Una guerra... se aproxima una guerra —dijo Aylin recomponiéndose.

—¿Una guerra? —musitó el señor Preysler.

—Los humanos van a pelear por las tierras del este y cada poblado cercano a la región... Están reuniendo sobrevivientes de otros lugares devastados por nosotros... —corrigió— por los añawys. Tienen que huir o prepararse. Será una ejecución. Habrá muchos soldados.

—¿Cómo sabes eso? —preguntó el señor Amancio.

—Vengo de un lugar donde se escuchan cosas...

—¿Dónde queda el lugar? —el rostro del señor Amancio figuraba cierta severidad.

—Eso no puedo decirlo. Muchos humanos buenos viven ahí... no quiero que mueran.

—¿Por qué nos dices esto? —preguntó el señor Preysler.

—Porque parte de mí aún sigue siendo añawy.

—Una razón para no matarte —gruñó el señor Amancio—. Si no fuera por él —señaló con los ojos a Sebastián—, no tendría razón para dejarlos vivos.

—Otra cosa —continuó Aylin—. Han vuelto los primeros añawys, los primigenios. Vienen del sur.

—¿Te refieres a...? —inquirió el señor Amancio—. Eso no es posible.

—¡No lo es! —exclamó el señor Preysler.

—Lo es. Sebastián los ha visto, ¿no es así?

Los demás se sorprendieron con la afirmación de Sebastián.

—Sebastián, gracias por todo —dijo sonriéndole tristemente a su amigo—. Toby también está contento de que hallas encontrado a tu familia y se despide de ti —se enjugó los ojos con las palmas de las manos nuevamente.

—Gracias a ti, Aylin… y a Toby —contestó Sebastián secándose las lágrimas también—. Tampoco te olvidaré —sonrió.

En ese momento un potente estallido lo hizo caer al suelo produciendo que un conglomerado de polvo se elevase al aire. Un balazo venido de algún desconocido lugar había atravesado limpiamente su cabeza. Y ante la mirada atónita de los que se encontraban ahí, su cuerpo yacía al lado de una gorra impregnada de tierra y opaco fluido rojo.

—¡Está muerto! ¡Está muerto! —gritaba llorando el señor Preysler, luego de abrazar el cuerpo de Sebastián.

Aylin se hallaba paralizada con la mirada completamente perdida e inconsciente.

Desde el otro lado apareció una figura montada sobre un caballo, era Edric que, con el rostro, apenas visible por las vendas que cubrían sus quemaduras, intentaba huir a todo galope. Había cumplido con la promesa de ver muerto a Sebastián. Aylin intentó correr hacia Sebastián, pero rápidamente fue jalada por Matías que se dio cuenta de los fieros dientes de Samanta y de los gemelos. Corrieron hacia una casa vacía intentando escapar de sus atacantes y del fuego cruzado que se había iniciado entre Edric y los otros condenados que lo acorralaron rápidamente.

—¡Tenemos que irnos! —Matías sobresaltado sacaba la cabeza por una ventana para atisbar una oportunidad de fuga. Sin embargo, Aylin no se movía, no escuchaba. En su cabeza se evocaba el trayecto de la bala atravesando la cabeza de Sebastián.

—¡Aylin, vámonos! —la jaló hacia él.

En cada movimiento, las lágrimas de Aylin caían dolorosamente a la tierra.

—¿A dónde… donde… iremos? —rompió en llanto Aylin.

Matías la cogió de la mano y la guio corriendo hacia el descampado que se hallaba tras del pueblo.

—Mataste a mi hermanito —apareció llorando Samanta frente a ellos—. ¡Mataste a mi hermanito! —gruñó encolerizada, saltando contra Aylin para atacarla, pero fue apartada de un empujón por Matías.

—¡Por aquí! —indicó Matías llevándola en otra dirección.

Siguieron corriendo, intentando ponerse a salvo, pero fueron obstruidos por los regordetes gemelos.

—¡Comida!, ¡comida!… —decían los gemelos sacando sus lenguas para lamerse los labios.

—¡Lárguense! —gritaba Matías amenazando con un palo que encontró en el suelo— ¡lárguense!... —pero los gemelos no entendían lo que decía. Por el contrario, se lanzaron contra él intentando morderlo. Aylin suplicaba que lo dejaran, pero eso solo los enloquecía más.

Por primera vez, Aylin, sintió el temor que los humanos tenían de los salvajes ojos de los condenados. Por primera vez, el miedo le hizo sentirse completamente humana.

Uno de los gemelos (Nicolás) había logrado tumbar a Matías y estaba a punto de darle una mordida cuando fue golpeado en la cabeza por una piedra que Aylin sujetaba entre sus manos, dejándolo desmayado en el acto.

El tuerto de Fabricio, al ver a su hermano tirado en el suelo corrió gritando cobardemente en dirección a su padre, pero en el trayecto, una bala perdida le atravesó el ojo sano acabando con su vida.

Samanta apareció sorpresivamente detrás de Aylin saltando en dirección a su cuello, pero antes de llegar se le desplomaron sus sesos por todas partes. Un balazo de escopeta le había reventado la cabeza.

—¿Están bien? —apareció Fernando sujetando una escopeta y acompañado de Ernesto y tres ronderos más que se adelantaron cabalgando para abrir fuego contra los otros condenados.

—Esti ya está muerto —dijo uno de los ronderos luego de anclar un machetazo en la cabeza de Nicolás que, hasta hace unos segundos, había estado desmayado.

Después de un lapso, los disparos cesaron. Solo permanecía la humareda con olor a pólvora y tierra, disolviéndose lentamente en el aire seco. Poco a poco, se podían ver los cadáveres, totalmente acribillados, de los dos condenados: el delgado de la pistola de pedernal y el del machete que tenía ojos de loco. Sin embargo, el señor Amancio y el señor Preysler habían desaparecido.

—Vamos, hijo —era la primera vez que Fernando lo llamaba así.

Matías sujetó la mano de Fernando para subir a su caballo colorado.

—Llevamos un día entero buscándolos. El cacique está preocupado por ustedes —continuó.

—¡Vamos, chica! —Ernesto estiró la mano a Aylin para que subiera a su caballo rabicano.

—¿Dónde está…?

—¿Tu aya? —completo Fernando la pregunta de Matías.

—Pur allí, muertito siñor. Así parecía —respondió uno de los ronderos.

—¿Y el cretino de Edric, dónde ésta? —indagó Fernando.

El otro rondero señaló hacia el horizonte donde se encontraba el cadáver de Edric, atrozmente descuartizado y devorado a mordidas, el cual no hubiera sido reconocido de no ser por las botas y el traje que solía usar. Ahora rasgado, lleno de sangre y tripas.

—¡Era un idiota!... ¿Dónde está su caballo? ¿Sus armas? —preguntó Fernando.

—Nu está, siñor —respondió el mismo rondero.

—Malditos *ayas…* seguro se lo llevaron —rezongó con coraje Fernando.

—¡Jife, nos vamus pur precaución? —acotó el rondero.

—¡Vamos! No lleguemos tarde. Será de noche cuando lleguemos —Fernando dio la orden para avanzar. En eso Aylin, llorando, intento saltar del caballo de Ernesto con intención de ir donde Sebastián, pero fue detenida por las suplicas de Matías que le decía que ya nada se podía hacer.

El trayecto de regreso a Wayrapampa fue pesado y silencioso para Matías y Aylin que no podían digerir que su amigo Sebastián ya no estuviera con ellos.

Era medianoche. La luna desplegaba toda su magnitud. Bajo ella, se hallaba un grupo de hombres cabalgando hacia su comunidad, saliendo de la parte frondosa de la montaña para conducirse por un camino empedrado donde se detuvieron al escuchar un armonioso y distante coro de gruñidos. Fernando con Matías se adelantaron para averiguar de dónde provenían. Descubrieron que cientos de sombras salían continuas, unas a otras, gruñendo lentas y tambaleantes del gran pórtico de Wayrapampa. Al verlos ordenándose a las afueras de la muralla, como si estuvieran dotados de cierta conciencia, pensaron que tal vez pudiera ser una broma bien organizada por alguna inesperada picardía del cacique. Pero no era así. Sabían que no lo era... Las sombras eran incontables: una horda, una inmensa horda de condenados que antes habían sido familiares o amigos, se aglomeraban en las afueras cantándole a la muerte. Fernando y Matías reconocieron a algunos antes de dar marcha atrás para avisar al grupo. Entre ellos se encontraba la amable señora Ofelia con la cabeza casi decapitada colgándole sobre su hombro, estaba el Cacique que ya no hacía uso de su bastón para andar, por el contrario, arrastraba uno de sus pies torpemente. Descubrieron también, a la buena de Idalia con las entrañas colgándole de un agujero del estómago. Y, dirigiendo a la infernal horda, se encontraba Rocco con un brazo terriblemente podrido debido a una infecciosa mordedura, y la boca, su boca, era poseedora de una terrible deformación en la que se le podía ver parte de los huesos y dientes de su mandíbula, ahora, goteando la sangre aún coagulante de las que habían sido sus víctimas.

—FIN DE LA PRIMERA PARTE—